Adi und Beni

Freunde fürs Leben

Franklynn Stangelmeier

Adi und Beni

Freunde fürs Leben

Ich bedanke ich mich für die Unterstützung von Helmi Klugmann und meiner Frau, die als Versuchsleser und für ein Korrektorat zur Verfügung gestanden haben.

Herstellung und Verlag: BoD – Books on Demand, Norderstedt
ISBN: 978-3-84273648

Kapitel I – Die Ankunft

In dem kleinen italienischen Touristenort Il Paradiso tobte gerade die Hauptsaison. Im Café von Gian-Luca Casarelli waren alle Tische voll besetzt. Auch an seinem neuen Stehtisch tranken einige Einheimische ihren Espresso.

„Gian-Luca, wo hast du diesen neuen Stehtisch her?", fragte einer der Gäste. „Den habe ich im Museum für moderne Kunst in Venedig ersteigert.

Wegen der Wirtschaftskrise haben sie alles verkauft, was nicht mehr in eine Ausstellung kommen sollte."

„Und was soll das sein?" „Ich glaube das ist ein Holz-Ei, nichts Besonderes.

Ich habe da eine Tischplatte draufgeschraubt und jetzt ist es ein Stehtisch." Die Gäste wunderten sich. Das massive Ei schien von einigem Wert zu sein. Doch scheinbar brachte die Wirtschaftskrise in Italien alles etwas aus den Fugen.

Als am Nachmittag die Sonne die Luft auf 38 Grad erwärmt hatte hörte man ein Knacksen im Fuße des Stehtisches. Niemand dachte sich etwas Besonderes dabei, man schob es auf die Hitze und Holz lebe doch schließlich, da könne so etwas mal passieren.

In den nächsten Tagen konnten die Gäste immer wieder beobachten, wie die Risse des Holz-Eies immer größer wurden. Gian-Luca fluchte, was er offensichtlich für einen Mist gekauft hatte. „Porca miseria", grunzte er immer wieder in sich hinein.

Als das Ei eines Tages derart hässlich wurde, dass es sein schönes Café verschandelte, beschloss er es zu zerlegen und Roberto für seinen Pizzaofen zu geben. Eines Abends machten sich beide ans Werk.

Allerdings war das Mahagoni derart hart und dick, dass weder Axt noch Säge halfen. „Gian-Luca, dass bringt nichts", sagte Roberto. „Aber was sollen wir tun, Du kannst das Ei ja nicht komplett in deinen Pizzaofen tun." „Ich frage meinen Schwager Massimo, vielleicht hat der eine Idee."

Roberto ging zum Telefon und rief seinen Schwager Massimo an: „Pronto!" „Ciao, ich bin es Roberto." „Ciao Roberto, wie geht's?" „Massimo, pass auf wir haben hier ein ziemlich großes Mahagoni-Ei, dass wir zerlegen wollen, doch nichts funktioniert.

Was meinst Du, was wir machen können?" „Bohrt doch erst mal ein Loch hinein. Ich habe noch etwas Dynamit, vielleicht könnt ihr es sprengen." „Woher hast du Dynamit, Massimo?" „Zum Fischen, sonst fängst du ja eh nichts.

Habe ich günstig von einem Soldaten gekauft, der davon eine Kiste verschwinden hat lassen." „Ok Massimo, komm doch vorbei." Gian-Luca und Roberto schenkten sich einen Grappa ein währenddessen sie auf Massimo warteten.

Einige Minuten später war er dann auch da. Zu dritt versuchten sie mit der Bohrmaschine ein Loch in das Ei zu bohren, doch es half nichts, es war zu hart. „Verdammte Scheiße, Roberto, ich bringe das Ding jetzt zum Cap Buona Vista und werfe es ins Meer."

„Ok Gian-Luca, es tut mir ja leid, aber ich kann nichts machen."

Sie rollten das Ei hinaus und versuchten es auf Gian-Lucas 3-Rad zu heben. Sie hatten große Mühe, doch dann war die Fracht verladen. Massimo verabschiedete sich von ihnen und sie fuhren Richtung Cap Buena Vista. Als sie an der ersten Kreuzung rechts abbiegen wollten, fuhr Gian-Luca zu schnell los und das 3-Rad kippte um.

Das Ei rollte ein Stück die Straße hinunter und knallte dann gegen eine Mülltonne. Gian-Luca und Roberto stiegen aus um das 3-Rad wieder aufzustellen. Als sie es mit Mühe und Not geschafft hatten, packte Roberto jemand an der Schulter.

Er drehte sich um und was er sah war nicht zu glauben. „Gian-Luca", sagte er mit zittriger Stimme, „der Duce!" Gian-Luca räkelte sich unter dem Dreirad hervor. „Du spinnst doch Roberto." Als auch er sich umdrehte, musste er laut lachen. „Ist doch gar nicht Karneval. Wo ist das Kostümfest?", fragte er den Duce. „Meine Herren, etwas mehr Respekt! Räumen sie das Zeug auf und dann holen sie meine Leibwache, ich muss sofort nach Rom."

Gian-Luca und Roberto schauten sich an, als hätten sie den Allmächtigen selbst gesehen. „Duce, bitte gestatten Sie, aber es ist 2013 und in Rom haben Sie nichts mehr zu sagen. Sie sind vor allem tot-" „Sehe ich tot aus?" Sie schauten ihn von oben bis unten an. Mittlerweile kamen immer mehr schaulustige Touristen hinzu.

Einer nach dem anderen gab dem Duce eine Münze und sagte: „Tolles Kostüm, sieht echt aus!" „Schau Marie, so muss der Mussolini ausgesehen haben!"

Roberto dachte kurz nach. „Waren Sie in dem Ei da drüben?" „Ja wo denn sonst?", brüllte der Duce. Gian-Luca und Roberto standen stramm.
„Mein Duce, darf ich einen Vorschlag machen? Kommen Sie doch mit in meine Pizzeria und essen erst mal was, dann können wir ihnen erklären was in den letzten 70 Jahren passiert ist und nehmen Sie vielleicht diesen Hut ab."

Er nahm seinen Hut in die Hand und wieder kam ein Tourist und warf ihm 2 Euro hinein. „Diese Deutschen, Frechheit, als ob ich betteln würde!" Die drei packten die Reste des Eis auf den Piaggio.
Danach stiegen Beni und Gian-Luca vorne ein und Roberto zwängte sich zum Ei dazu. Als sie auf dem Rückweg an der Strandpromenade vorbeikamen, registrierte Beni, warum die Touristen ihm Geld gegeben hatten. An jeder Ecke stand eine Pantomime oder ein Silber angemalter Mann der Statue spielte oder ein anderer in einem Kostüm.

Alle waren Künstler, die sich ihr Geld auf der Straße verdienen mussten. „Da,..., da drüben, dass bin ja ich", rief Beni. „Was meinen Sie, mein Duce", fragte Gian-Luca ihn. „Da hängt eine Schürze mit meinem Antlitz drauf an dem komischen Laden!" „Sie meinen in dem Souvenir-Laden? Stimmt, wusste gar nicht, dass es so etwas gibt."

„Cucinare con il Duce", murmelte Beni. Am Restaurant angekommen, stiegen sie aus und halfen Roberto von der Pritsche runter. „Ciao, den besten Tisch für meinen Freund hier", rief Roberto seinem Kellner zu. Chiara, Robertos Tochter kam hinzu: „Papa, warum musst Du so einen Penner mitbringen?" „Chiara, das ist der Duce, sei still."

Chiara musste heftig lachen und holte ihre Großmutter aus der Küche. Als die den Duce sah, ging sie auf ihn zu, kniete nieder und küsste ihm die Hand. Beni stand sofort auf und half der alten Frau hoch.

„Senora, sie müssen vor mir nicht knien." Roberto und Gian-Luca verschwanden mit Chiara in der Küche um zu klären was zu tun sei.

„Er muss erst einmal etwas anderes anziehen, der sieht zu echt aus und wenn die Polizei ihn erwischt sperren sie ihn ein", sagte Roberto. „Zum Frisör muss er auch, so etwas hat man heute nicht mehr", warf Chiara ein. „Ok, Chiara, jetzt bringst du ihm erst einmal einen Rotwein und dann fragst du ihn was er Essen möchte." Chiara ging zur Theke und füllte einen Krug Rotwein ab, den sie zu Beni an den Tisch brachte.

Die Großmutter saß mittlerweile und hatte nur noch Augen für ihn. „Prego", sagte Chiara. „Was würden Sie gerne Essen?" „Spaghetti Vongole", antwortete Beni, der begonnen hatte der Nonna viele Fragen zu stellen.

Die beantwortete seine Fragen bereitwillig. „Dann haben die meinen Doppelgänger erschossen und dann aufgehängt, Madre Dio. Und das Deutsche Reich gibt es auch nicht mehr?" „Nein, es hat sich alles verändert. Überall haben wir Demokratie und Frieden." Roberto und Gian-Luca kamen aus der Küche zurück und hatten eine Latzhose und ein weißes T-Shirt mit Werbung für Robertos Pizzeria dabei.

„Mein Duce, bitte ziehen Sie das doch an. Ihre Uniform ist zu auffällig und die italienische Polizei würde Sie verhaften." Beni stand wütend auf und belehrte die 2 Freunde: „Ich bin der Duce von Italien und das ist meine Uniform, mein Land. Ich bin stolz darauf Italiener zu sein!"

Roberto gab ihm seinen Rotwein: „Beruhigen Sie sich doch wieder, wir wollen sie nur schützen." Er setzte sich wieder und die Nonna nahm seine Hand: „Tun sie es bitte, es ist sonst zu gefährlich."

Beni überlegte einen Moment und nahm die Sachen. „Da hinten sind die Toiletten", sagte Gian-Luca. Er verschwand und kurz drauf kam er zurück. „Jetzt erkennt Sie keiner mehr", sagte die Nonna. Beni, der sich sichtlich unwohl fühlte, setzte sich wieder, als ihm Chiara die Spaghetti brachte. „Grazie", sagte er und begann zu essen.

Mit einer Wollust verschlang er die riesige Portion und bestellte gleich noch einen Teller. „Grappa, per favore." Roberto brachte ihm eine Flasche und ein Glas. „Italien wird es Ihnen eines Tages danken, dass sie mich aufgenommen haben.

Ich werde die Revolution von hier aus führen", sagte Beni. „Mein Duce, das ist nicht notwendig, wir brauchen keine Revolution mehr, wir haben bereits Frieden in Europa und es gibt auch keine Grenzen mehr. Alle sind frei und Freunde", sagte Chiara. „Roberto komm, wir müssen uns nochmal unterhalten", sagte Gian-Luca.

Die beiden diskutierten was sie denn nun tun sollten. Wo sollte er denn hin und er müsse irgendwo übernachten. „Roberto, ich habe keinen Platz, wie sieht es bei Dir aus?" „Er könnte bei der Nonna auf der Couch schlafen, das wäre das Einfachste." Die Nonna akzeptierte den Vorschlag sofort und wollte ihren Freundinnen Bescheid sagen, dass der Duce bei ihr schlafen würde.

Roberto hatte alle Hände voll zu tun ihr das auszureden. Beni aß derweil die 2. Portion Spaghetti und hatte sichtlich Spaß am Grappa und Rotwein. Roberto setzte sich zu ihm und erläuterte den Vorschlag. Nach einigem Hin und her willigte er ein, welche Alternative hätte er auch sonst gehabt?

Doch nun wollte Chiara wissen, wie er noch leben könnte und er sah nicht wie ein Hundertjähriger aus. Da begann Beni zu erzählen:

„Am 20. Juli 1944 habe ich mich zum letzten Mal mit meinem Freund Adi getroffen.

Bereits einige Jahre zuvor hatten wir einen Plan zum ewigen Leben in die Wirklichkeit umsetzen lassen. Wissenschaftler wurden damit beauftragt ein Medikament zu entwickeln, was unsere Körper quasi zum Stillstand bringt und für mindestens 70 Jahre frisch hält.

Nach langen Gesprächen und mit der Ungewissheit im Bauch, ob es auch wirken würde, nahmen wir es gemeinsam ein.

Die Wissenschaftler hatten uns empfohlen, die ersten 24 Stunden nach der Einnahme zu verschwinden und uns zu verstecken.

Eigens für dieses Vorhaben hatten wir Zeitkapseln aus hochwertigem Mahagoni fertigen lassen.

Nachdem wir es schafften, uns noch in der Wolfsschanze gegen Doppelgänger auszutauschen, begaben wir uns in die Kapseln und wurden unabhängig voneinander fort gebracht."

„Und ihr Freund, was ist mit dem?", fragte Gian-Luca. „Das müsstet ihr besser wissen als ich." „Ich habe nirgendwo etwas gehört oder gelesen", sagte Roberto. „Ich hoffe es geht ihm gut", seufzte Beni.

Die nächsten Tage verbrachte Beni damit am Strand spazieren zu gehen und in der Pizzeria zu essen. Die Nächte bei der Nonna taten ihm gut. Doch irgendwann war es Roberto zu bunt. Einen Schmarotzer die ganze Zeit durchzufüttern wollte er auch nicht und selbst wenn es der Duce sei, das war nicht sein Ding. Am Abend wollte er mit Beni reden.

„Mein Duce, Ihr müsst etwas tun. Ihr könnt nicht die ganze Zeit auf meine Kosten Essen und Trinken und bei der Nonna wohnen."

Beni schaute etwas verdutzt und verstand aber was Roberto von ihm wollte. Er musste nachdenken, wo er Geld herbekommen könnte. Am nächsten Morgen kam die Nonna ganz aufgeregt in die Pizzeria: „Er ist weg!" „Wie weg?", fragte Roberto.

„Als ich ihn heute Morgen wecken wollte, war er schon verschwunden." Roberto rief Gian-Luca an: „Gian-Luca, der Duce ist weg, wir müssen ihn suchen." Kurz drauf trafen sich die beiden und begannen

Beni zu suchen. Lange dauerte es nicht, da sahen sie ihn an der Strandpromenade in seiner alten Uniform.

Er schwang Reden über Italien und die Geschichte und hielt seinen Hut auf, der schon nahezu voll war. Mindestens hundert Touristen standen um ihn herum und applaudierten ihm.

Roberto und Gian-Luca stellten sich dazu und hörten wie einer der Touristen sagte: „Mann der ist so echt, das ist klasse!" Plötzlich war aus der Ferne die Sirene der Polizia Locale zu hören.

Roberto und Gian-Luca liefen schnell zu dem Podest, was sich Beni gebaut hatte und zogen ihn herunter. Nur unter Protest ließ er sich durch die Menge Richtung Strand schleifen.

Doch es war zu spät. Die zwei herbeigerufenen Beamten hielten sie auf. „Buon Giorno, was machen Sie hier?" „Nichts, unser Nonno ist oft so verwirrt und kann sich nicht mehr orientieren." Beni antwortete: „Ich bin nicht verwirrt, ich bin der Duce!"

„Sehen Sie", sagte Gian-Luca. „Sie wissen, dass sie eine Lizenz brauchen, wenn Sie hier betteln?"

„Natürlich, er hat ja auch gar nicht gebettelt. Er hat nur alte Reden gehalten in seiner Uniform", entschuldigte sich Roberto. „Na gut, dann belassen wir es dabei, aber bei, nächsten Mal muss er mitkommen. Passen Sie besser auf ihn auf."

Die Polizisten gingen zurück zu ihrem Wagen und Roberto und Gian-Luca atmeten auf. „Ich bin der Duce, eine Unverschämtheit", sagte Beni.

„Wie viel Geld haben sie verdient?", fragte Gian-Luca. Sie schauten zu dritt in den Hut und begannen zu zählen. „380€ in 4 Stunden", staunte Roberto.

„Das schaffe ich nicht einmal an einem ganzen Tag in meinem Café", sagte Gian-Luca.

„Ich habe eine Idee, lass uns zur Nonna gehen, wir brauchen eine neue Identität für den Duce und eine Lizenz. Beni schaute sie verwundert an und konnte kaum glauben, dass ihn scheinbar wirklich niemand mehr kannte.

„Was für eine Lizenz, was brauche ich?", fragte er sie.

„Mein Duce, Sie werden weiter an der Promenade Reden halten und Geld damit verdienen, nur offiziell."

Beni schüttelte den Kopf und konnte nicht glauben was die beiden sich ausgedacht hatten.

Als sie in die Pizzeria kamen, stürmte die Nonna gleich auf sie zu. „Mein Duce, sie sind am Leben, Gott sei Dank!" „Nonna hast du noch die Papiere vom Großvater oder sind die entwertet worden", fragte Roberto sie.

„Was habt ihr vor, die Papiere habe ich noch aber was soll das bringen?" „Hol sie her!" Die Nonna ging nach Hause um die Papiere zu holen, allerdings verstand sie nicht, was das bringen sollte.

Zurück in der Pizzeria hielten sie das alte Schwarz-weiß Foto des Ausweises neben Beni und philosophierten, ob das gehen könnte. „Ich glaube, das merkt keiner." „Aber das Alter das stimmt einfach nicht."

Roberto nahm den Ausweis und riss das Bild in der Mitte auseinander. „Duce, ziehen Sie sich wieder um und Chiara, du gehst dann mit ihm zum Passbildautomaten und machst Bilder."

„Was hast du vor, Roberto?", fragte Gian-Luca. „Wir beantragen einen neuen Ausweis." Mit Espresso versuchte er den Namen auf dem alten Papier zu löschen. „So jetzt erkennt das niemand mehr."

Als Beni sich umgezogen hatte machten sie sich gleich auf den Weg zum Passbildautomaten. Kurz drauf kamen sie zurück.

Gian-Luca war gar nicht gut bei der Sache, aber Roberto wollte den Plan unbedingt in die Tat umsetzen. „Chiara, hol bitte Nonnos Rollstuhl aus dem Keller und mein Duce, ziehen Sie sich bitte wieder um."

„Was wollen Sie Roberto, das will ich nicht", antwortete Beni.

„Sie wollen Geld verdienen und Leben und sicher sein, dann spielen Sie jetzt mit", sagte Roberto mehr als deutlich. Beni zog sich um und Chiara brachte den Rollstuhl. „Setzen Sie sich dort hinein und sagen Sie kein Wort, ich mache den Rest."

Beni setzte sich in den Rollstuhl und Roberto ging in die Küche. Er kam mit etwas Tomatensoße zurück und beschmierte Benis Shirt. „Jetzt lassen Sie den Kopf etwas hängen und tun so als wären Sie alt und krank."

Beni tat was, Roberto vorschlug. Roberto und Gian-Luca schoben Beni einmal quer durch den Ort zur nächsten Polizeistation.

„Roberto, bist Du Dir sicher was Du hier tust, wenn das auffliegt wandern wir alle in den Knast." „Lass mich machen wir kriegen das schon hin."

Sie schoben Beni in die Station und zogen eine Nummer in der Warteschlange.

Zwei Stunden später waren sie dran und gingen zu dem Beamten an der Theke.

„Was kann ich für Sie tun?", fragte er.

„Mein Großvater hat seinen Ausweis kaputt gemacht und braucht nun einen Neuen." Der Beamte schaute Beni genau an. „Wo ist der alte Ausweis?"

Roberto gab ihm den völlig zerfledderten Ausweis und ein neues Passbild.

Gian-Luca war so aufgeregt, vor lauter angst, dass seine Hände zitterten. Um nicht aufzufallen, hielt er den Rollstuhl ganz fest.

„Ok, ich hole das Formular", sagte der Polizist. „Name?" „Bernardo Malguzzini."

„Ok, das Geburtsdatum kann ich lesen." Der Beamte füllte das Formular in aller Ruhe aus und bat Beni dann um Unterschrift.

„Er kann nicht richtig schreiben", sagte Gian-Luca. „Aber er muss ihn selbst unterschreiben." Sie gaben Beni das Formular und sagten ganz langsam „Malguzzini". Und es klappte.

Beni unterschrieb tatsächlich mit seinem neuen Namen. „Danke", sagte der Beamte. „Ich gebe Ihnen jetzt vorläufige Papiere und der neue Ausweis ist in 2 Wochen fertig."

Kurz drauf bekam Beni seine neue Identität und die drei verließen die Polizeistation wieder. „Jetzt rüber zum Rathaus", sagte Roberto. Mit den neuen Papieren konnten sie tatsächlich eine Lizenz für Straßenkünstler beantragen und Benis neuer Job war gesichert.

„Das muss gefeiert werden", sagte Roberto. Als sie zurück in die Pizzeria kamen, stellte er ihnen das neue Familienmitglied vor.

„Darf ich vorstellen Bernardo Malguzzini, mein Großonkel. Sie gehören jetzt zur Familie, Duce." Beni gefiel das Ganze mittlerweile und so feierten Sie den Erfolg den ganzen Tag und die ganze Nacht.

Beni konnte wieder selbstständig Geld verdienen. Tagsüber stand er an der Promenade und schwang Reden und am Abend half er in der Küche aus.

Anfangs wusch er nur die Teller und dann begann er immer mehr kochen zu lernen. Es gefiel ihm sichtlich. Zwei Wochen später bekam er seinen richtigen Ausweis.

Die Saison neigte sich langsam dem Ende zu und es kamen immer weniger Touristen. So gönnte er sich den einen oder andern Tag Ruhe und saß in Gian-Lucas Café.

Am Strand spielten die Wellen mit der Gischt und man merkte, dass es Herbst wurde. Manchmal gab es schon stürmische Tage und die Temperaturen fielen. Doch einige Touristen genossen immer noch die südliche Sonne und räkelten sich auf ihren Liegen.

An einem Nachmittag gab es eine große Welle und plötzlich wurde das gleiche große Mahagoni- Ei an den Strand gespült, welches man schon von Beni kannte. Es platzte auf.

Und da war er. Adi in seiner Uniform. Er kletterte aus dem Ei und orientierte sich kurz. Die Urlauber sahen ihn und waren sichtlich verwundert.

Adi hatte schnell gemerkt, dass sein Plan aufgegangen war, nur leider wusste er nicht wie er hier her gekommen war.

Er ging durch die Liegestühle Richtung Promenade. „Ziehen Sie sich was an, das ist unzüchtig", begann er gleich zu schimpfen. Als er eine Frau mit nackter Brust sah wurde er wütend: „Sodom und Gomorra, bedecken Sie sich", schrie er die Frau an.

An einem der letzten Liegestühle bemerkte ihn ein älteres Ehepaar. „Wo geht es hier zum Marineoberkommando?", fragte Adi.

„Wir sind hier in Italien nicht an der Ostsee", sagte die Frau. „Italien, was soll ich in Italien, fahren Sie mich sofort nach Rostock!", schrie Adi sie an. Der ältere Mann antwortete:

„Üben Sie für eine Rolle, ist das ein neuer Film, spielen wir mit, wo ist die Kamera? Oder ist das die versteckte Kamera?"

Adi explodierte: „Hier ist keine versteckte Kamera, ich bin der Führer!" Das ältere Ehepaar versuchte die Kamera zu finden und beachtete Adi gar nicht mehr. Die beiden liefen zu anderen Urlaubern und fragten, ob sie irgendwo eine Kamera gesehen hätten.

Adi war erzürnt und ging weiter zur Promenade. Unterdessen hatte Beni die Schreierei am Strand schon gehört und wunderte sich, als er Adi sah.

„Porca Miseria, er hat es auch geschafft, ich glaube es nicht!" Beni stand auf und lief zu Adi hinüber. „Adi mein Freund, komm in meine Arme".

Adi blieb stehen und schaute Beni genau an. „Beni, mein alter Begleiter!" „Si, si." Die beiden fielen sich in die Arme und Beni nahm Adi mit in Gian-Lucas Café. Der war nicht sonderlich begeistert:

„Zio Beni, das geht nicht, er fällt auf." „Gian-Luca, beruhige Dich", sagte Beni, doch immer mehr Gäste schauten dem Schauspiel verwundert zu.

„Ihr müsst verschwinden, bitte." Beni schnappte sich eine weiße Tischdecke und umhüllte Adi damit. „Ich bin doch nicht Rommel in der Wüste, nimm das weg, hast du dein Volk nicht mehr im Griff und wie läufst du rum, wo ist deine Uniform?", schimpfte Adi. „Das erklär ich dir später", sagte Beni und führte ihn über die Straße zu Robertos Pizzeria. Als sie hineinkamen erschrak der sofort: „Oh Gott, der Nächste!"

Kapitel II – Die Begegnung

Beni setzte Adi an einen Tisch und bat Roberto, ihm etwas zum Anziehen zu besorgen. „In der Größe habe ich nichts, der ist zu klein."
Chiara kam herein und konnte es vor lauter Lachen kaum aushalten. „Ich kann ihm etwas von mir geben, das müsste passen", sagte sie. Kurz drauf kam sie mit einem pinken Jogginganzug zurück.
„Hier Zio, gib ihm das." Beni schaute verwundert und musste grinsen.

Er versuchte Adi davon zu überzeugen, dass es keine andere Alternative gäbe und er ihm morgen neue Sachen kaufen würde. Nach zweistündigem Kampf willigte er ein und saß kurz darauf mit pinkem Jogginganzug in der Pizzeria von Roberto.
Ein Bild zum Schießen. „Willst Du etwas trinken oder essen?", fragte Beni ihn. Adi antwortete „Ein deutsches Bier und ein deutsches Schnitzel."
„Seit wann trinkst Du Alkohol?" „Seit jetzt", sagte Adi. „Adi, wir haben hier nur italienischen Wein und italienisches Essen."
„Damit kann ein deutscher Soldat nicht kämpfen!"
„Chiara bring ein Glas Rotwein und Spaghetti mit Tomatensoße." Chiara tat was Beni sagte.
„Jetzt iss das bitte, du wirst sehen es schmeckt", bat Beni seinen Freund. Adi schaufelte rein wie ein Scheunendrescher.
„Warum nimmst du die Gabel in die linke Hand, Adi?" „Mir tut mein rechter Arm immer noch so weh. Ich kann ihn kaum bewegen." „Was hast du gemacht

Adi, wo kommst du denn jetzt her?" „Ich weiß es nicht.

Nach der Wolfsschanze haben sie mich in einem Keller des Reichstags zwischen alten Möbeln versteckt. Wie ich hierhergekommen, bin weiß ich nicht." Adi nahm einen Schluck vom Wein.

„Habt ihr keinen deutschen Wein?" „Nein Adi, wir haben nur italienischen Wein." „Am Strand die ganzen Deutschen, sind das Flüchtlinge?

Wir müssen sie anzeigen und zurück nach Deutschland bringen!" „Adi, ich konnte es auch nicht glauben aber alles ist vorbei. Wir haben Frieden und die Grenzen sind offen." „Das heißt das großdeutsche Reich ist in Erfüllung gegangen und wir haben den Krieg gewonnen?" „Nein Adi, so war das nicht."

Beni holte Roberto hinzu. „Roberto, erklär meinem Freund bitte, was in den letzten 70 Jahren passiert ist. Ich kann mir das alles noch nicht merken."

Roberto setzte sich zu ihnen und erzählte alles, was er wusste. Adi begann zu weinen. „Alles was ich aufgebaut habe ist kaputt, zerstört?" „Ja, mein Freund, es gibt uns quasi nicht mehr", tröstete Beni ihn.

Roberto zog Beni auf die Seite: „Zio, wie stellst du dir das vor, wo soll er wohnen und kommt jetzt Stalin auch noch?"

„Roberto bitte lass mich nicht hängen, er ist mein Freund."

Da die Feriensaison sich dem Ende neigte versuchte Roberto seinen Freund Emilio vom Campingplatz zu erreichen: „Ciao Emilio, kannst Du mir einen Wohnwagen für 3-4 Tage überlassen? Ich habe unerwartet

Besuch bekommen und weiß nicht wohin mit den Gästen."

„Ciao Roberto, kein Problem, zwei Wochen habe ich noch auf, dann müssten sie allerdings raus." „Grazie Emilio, wir kommen nachher vorbei."

Die Tür ging auf und Gian-Luca kam herein. Er konnte sich vor lauter Lachen kaum halten. „Einen pinken Jogginganzug? So hat sich den Führer bestimmt niemand vorgestellt!"
Adi versank auf seinem Stuhl und wurde bleich. „Beni, bring mir meine Uniform, so geht das nicht."
„Adi jetzt komm, ich habe dir gesagt ich besorge dir morgen etwas anderes.
Gian-Luca, setz dich und trink was mit uns." Roberto brachte einen neuen Krug Rotwein und eine Flasche Grappa.
Sie unterhielten sich und erzählten Adi, wie Beni auftauchte und was sie alles getan hatten, um ihn zu retten. Die Männer tranken bis tief in die Nacht und dann fuhren Sie mit Gian-Lucas Piaggio zum Campingplatz.

Sie torkelten zum Wohnwagen, in der Mitte Adi, mit seinem pinken Jogginganzug. „Ein Volk, ein Reich, ein .....", begann er zu singen, als Beni ihm die Hand vor den Mund hielt „Scht, sei ruhig." „So etwas darf man nicht mehr singen", sagte Roberto.

Der österreichische Zwerg lallte: „Ich bin der Adi und ihr seid meine Freunde, gude Nacht." Noch vor dem Wohnwagen fiel er um und schlief ein. Die drei brachten ihn ins Bett und Beni legte sich in das andere gegenüber: „Ich bleibe hier, bis morgen", sagte er. Dann fuhren Roberto und Gian-Luca zurück um ebenso ihren Schlaf zu finden.

In der Nacht wachte Adi auf und hatte ein dringendes Bedürfnis zu verrichten. Er irrte ziemlich planlos auf dem Campingplatz umher bis er eine Gruppe Jugendliche sah, die noch vor ihrem Zelt saßen.

Es waren Pfadfinder aus Deutschland. Sie sangen Volkslieder und tranken Bier dazu. „Schaut mal, was kommt denn da für einer", sagte einer der Burschen.

„Wo sind die Latrinen", fragte Adi.

„Und stehen Sie gefälligst auf und grüßen, wenn ich vor Ihnen stehe!"

Die Jungs lachten nur und zeigten ihm den Weg zu den Toiletten. Da sein Druck immer größer wurde ging er direkt zu einem WC und hielt sich nicht mehr lange auf.

„Die Alten haben es immer noch nicht gelernt.

Ich denke mit der Frisur und diesem Bart sollte man nicht mehr rumlaufen", warf einer der jungen Leute ein. Die anderen nickten zustimmend.

Als Adi auf dem Rückweg wieder vorbeikam würdigte er sie keines Blickes. „Wenigstens tragen sie noch Uniform, nur dieses Blau…", murmelte er in sich hinein.

Zurück im Wohnwagen legte er sich wieder hin und schlief sofort ein. Am nächsten Morgen weckte Beni ihn. „Komm Adi, wir müssen einkaufen, damit du nicht mehr so rumlaufen musst und zum Frisör gehen wir auch."

Adi machte die Augen auf und konnte immer noch nicht glauben, dass er in einem pinken Jogginganzug auf einem Campingplatz übernachtet hatte.

Sie gingen ins Dorf und Beni brachte ihn als erstes zum Herrenausstatter.

Der ältere Italiener staunte nicht schlecht, als sie zur Tür hineinkamen. „Buon Giorno, Seniore Malguzzini, brauchen Sie noch einen Anzug?" „Nein, ich brauche etwas für meinen Freund hier."

„Ok, groß ist er nicht, aber ich glaube da können wir etwas machen."

„Etwas Modernes bitte", sagte Beni.

Der Verkäufer kam mit einer Jeans und einem Poloshirt zurück.

„Probieren Sie das bitte, da hinten sind die Umkleiden."

„Beni, kann ich keine Uniform bekommen, ich bin doch kein Zivilist."

„Adi, probier' das jetzt an und hör mit deiner Uniform auf, die Zeit ist vorbei."

Adi ging in die Umkleide und zog die neuen Sachen an. „Perfetto, so siehst du gut aus."

Der Verkäufer brachte noch Unterwäsche, Socken und Schuhe. „Zieh deine Stiefel aus", sagte Beni.

Adi tat was er sagte und zog Socken und die neuen Schuhe an. „Bravissimo, alles passt", sagte der Verkäufer.

Beni ließ noch mehr Unterwäsche und zwei weitere Hosen und Shirts kommen. „Was kostet das alles?" „250€" „Caro, aber gut."

Beni bezahlte und mit vier Tüten bepackt ging es weiter zum Frisör. Sie blätterten in verschiedenen Zeitschriften um die richtige Frisur zu finden.

Adi entschied sich für einen klassischen Undercut, der zumindest den Frisuren der Soldaten ähnelte. „Und jetzt noch den Bart", sagte Beni. „Nein der bleibt, das ist mein Markenzeichen", weigerte sich Adi.

„Den Bart ab!" Der Frisör versuchte das Rasiermesser anzusetzen und Adi drehte den Kopf weg. „Ich halte ihn fest, einen Moment", sagte Beni zum Frisör. Zu zweit hatten sie immer noch alle Mühe doch dann war der Bart ab. Nachdem sie bezahlt hatten gingen sie zu Gian-Luca ins Café.

Kapitel III – Die Geschichte

„Buon Giorno Zio, Buon Giorno Adi, so gefällt mir das schon besser. Was darf ich euch bringen?"
„Einen deutschen Filterkaffee und Schwarzbrot mit Jagdwurst", bestellte Adi.
Beni gab ihm kaum Zeit und fuhr ihm über den Mund.
„zwei Brioche und zwei Capuccini."
Kurz drauf brachte ihnen Gian-Luca das Frühstück.
„Das esse ich nicht, ich will deutsches Frühstück für einen Soldaten", schimpfte Adi.
Das musste ein Tourist gehört haben und sagte zu ihm: „So geht es mir auch, aber diese Itaker wollen nicht hören." Beni wurde sauer: „Du bist in Italien und genießt meine Gastfreundschaft also iss!"

Mit versteinerter Miene begann Adi zu essen. „Hm, schmeckt gut. Ich wusste gar nicht, dass ihr so gute Sachen habt, Beni."
„Sag ich doch, mangi mangi, es wird dir schmecken."
Adi verschlang weitere sechs Brioche und trank vier Cappuccino dazu.
„Beni, ich muss herausfinden, wie ich hier her gekommen bin. Es macht mich verrückt." „Ok, wir schauen ob das Ei irgendwo ist und dann machen wir uns auf die Suche."
„Ciao Gian-Luca", sagte Beni und ging mal wieder ohne zu zahlen. Am Strand war das Ei natürlich nicht mehr, also fragten sie im Rathaus nach, wo es hin gekommen sein könnte.
Dort sagte man ihnen das Ei sei wahrscheinlich mit dem Seegras auf die Deponie gebracht worden. Sie

gingen zurück zu Gian-Luca, um sich seinen Piaggio auszuleihen.

Der wollte erst nicht, stimmte dann aber doch zu. Nachdem sie sich erklären ließen, wo die Deponie war, fuhren Sie dorthin.

An der Einfahrt wartete ein Mitarbeiter. „Was wollen Sie hier, sie dürfen da nicht rein!" „Gehen Sie aus dem Weg, wie reden Sie mit mir!", sagte Adi zu ihm.

Der Pförtner, der gefühlte zwei Meter größer war als er, musste lachen.

Beni ging zu ihm und gab ihm 20€: „Ciao, wir haben etwas verloren, wo ist der Müll vom Strand von gestern?"

„Der ist dort hinten." Der Mann zeigte auf einen Haufen Seegras und ließ sie hinein.

„Siehst du Adi, so macht man das." Als sie am Seegras ankamen begannen Sie nach dem Ei zu suchen. Stunden später waren sie erfolgreich.

„Adi, da ist es!" Adi wühlte sich zum Ei durch und schaute es sich genau an. „Schau Beni, ein Aufkleber, Versteigerung Berlin 23.05.2013, Bundeseigentum."

Das war die erste Spur. Sie planten in Berlin nachzufragen, wer das Ei ersteigert hatte. Zurück bei Gian-Luca nahmen sie sich das Telefon und riefen im Bundeskanzleramt in Berlin an.

„Guten Tag, geben Sie mir den Reichstag", sagte Adi. „Wer ist da bitte", fragte die Stimme am anderen Ende.

„Hier spricht Ad ….". Beni nahm ihm den Hörer weg. „Hier ist Malguzzini von dem Museum für moderne Kunst in Venedig." „Ich verbinde Sie." „Beni lass mich das machen, was soll das?"

„Adi, au kannst dich nicht als …..." „Hallo?" „Si, hier Malguzzini, wurde bei Ihnen im Mai eine Versteigerung durchgeführt?"

„Ja wir haben altes Mobiliar aus dem Reichstag versteigert." „War da ein Mahagoni-Ei dabei?"

„Moment, ja ein Ei aus Holz war dabei."

„Wer hat das ersteigert?"

„Das darf ich Ihnen nicht sagen."

„Wir haben hier im Museum auch so ein Ei und vielleicht ist es der Zwilling und 1 Million Euro wert. Der Besitzer würde sich bestimmt freuen."

„Na gut ich schau mal. Ah… Hier Schiffsbau Petersen aus Hamburg." „Haben Sie eine Adresse?"

„Nein, die habe ich leider nicht." Beni legte auf.

„Adi wir fragen Chiara, die hat so ein Ding was alles weiß."

Sie gingen in die Pizzeria und baten Chiara zu recherchieren. Als diese Ihren Laptop öffnete traute Adi seinen Augen kaum. „Was ist das?"

„Das ist ein Computer und damit gehe ich ins Internet und kann nach aeinem Ei suchen." „Internet, was ist denn das?"

„Das ist eine weltweite Plattform in der jeder etwas veröffentlichen kann."

„Das ist ja großartig, wenn das der Göbbels gewusst hätte!"

„Ah hier ist es, Schiffsbau Petersen in Hamburg." Chiara nahm einen Stift und schrieb die Telefonnummer auf.

Dieses Mal wollte Adi anrufen.

„Jetzt lass mich Beni, ich sag ja meinen Namen nicht. Wie geht das hier, da ist keine Wählscheibe?"

„Du musst die Nummern mit den Tasten drücken wie bei einer Schreibmaschine." Adi wählte.

„Schiffsbau Petersen, was kann ich für Sie tun?"

„Hier spricht Generalfeldmarschall Rommel." „Wer bitte?" „Generalfeldmarschall Rommel!"

Es machte nur Klack und das Gespräch war weg.

„Ich habe mich nicht mit meinem Namen gemeldet."

„Ach Adi, fällt dir nicht was Besseres ein?"

Beni nahm das Telefon und rief selbst an. „Schiffsbau Petersen, was kann ich für Sie tun?"

„Mein Name ist Malguzzini, ich rufe von dem Museum der modernen Kunst aus Venedig an.

Haben Sie im Mai ein Mahagoni-Ei ersteigert?"

„Ja, das haben wir tatsächlich." „Was haben Sie damit gemacht?"

„Wir sind damit nach Italien gefahren um aus dem Holz Schiffsplanken zu machen.

So etwas Altes bekommt man sonst nicht und der Kunde hatte ein altes Holzschiff."

„Und was ist passiert?" „Das Holz war so hart, dass es sich nicht schneiden ließ, da haben wir es ins Meer geworfen."

„Vielen Dank, Sie haben mir sehr geholfen. Adi hast du alles mitgehört?

„Ja, damit ist klar was passiert ist. Ich bin in einer Geheimoperation in Italien gelandet, nur was ist mein Auftrag? Ruf sofort den Bund deutscher U-Bote und melde Operation Silberfisch hat begonnen."

„Adi, du spinnst ja, das gibt es alles nicht mehr."

Adi war enttäuscht, man hatte ihn einfach im Meer verklappt und nur durch Glück wurde er angespült. So am Boden lag er noch nie..

„Denk dir nichts, ich war ein Fuß von einem Stehtisch bei Gian-Luca", tröstete Beni ihn.

Roberto setzte sich zu ihnen. „Und was wollt ihr machen? Zio, du kannst noch eine Woche bei mir in der Küche helfen, aber dann mach auch ich zu. Ihr müsst irgendwo hin.
Wollt Ihr, dass ich Euch eine Wohnung suche?" Adi und Beni schauten sich fragend an.
„Was meinst Du Adi?"
„Ich brauche keine Wohnung, ein deutscher Soldat überlebt auch im Winter im Zelt."
„Adi, der Campingplatz macht bald zu, da können wir nicht bleiben und bei der Nonna ist nicht genug Platz." „Ok, Beni aber nur so lange ich nichts eigenes habe."

Gesagt getan, Roberto telefonierte ein wenig und prompt hatten Sie ein 2-Zimmer-Appartment.
„Bis zum März könnt Ihr da bleiben, dann wird es wieder eine Ferienwohnung für Touristen. Es kostet 280€ im Monat."
„Adi, hast du Geld? Ich kann das nicht alles alleine bezahlen."
„Woher sollte ich Geld haben?"
Komm wir essen erst mal was und trinken einen Rotwein, uns wird schon etwas einfallen."
Es dauerte nicht lange, da saß die ganze Familie am Tisch und Roberto ließ alles auffahren was sie liebten.
Spaghetti, Fisch, Pizza, Tiramisu, jede Menge Rotwein und am Schluss Grappa und Espresso.
„Hat es air geschmeckt, Adi?"

„Das war wirklich nicht schlecht, aber für eine Gulaschkanone taugt das alles nichts."

Man sah ihm eine gewisse Begeisterung an. „Was sollen wir nur im Winter hier machen. Da bekommen wir bestimmt keine Arbeit?", sagte Beni.

„Lass uns eine neue Partei gründen und für sie sammeln. So schlecht wie es Italien geht, können wir bestimmt viele Leute gewinnen. Vollbeschäftigung und Sicherheit
für alle."

„Aber Adi das zieht nicht mehr und Autobahnen gibt es auch hier genug."

Die Tür öffnete sich und Massimo kam herein. „Ciao Massimo, setz dich, einen Roten?", begrüßte Roberto seinen Freund.

„Nein lieber nicht, ich muss nachher meine neue Arbeit anfangen."

„Was machst du?"

„Ich bin bei der Hotelwache untergekommen, die passen im Winter auf, dass aus den Hotels nichts geklaut wird."

„Suchen die noch Leute", fragte Roberto.

„Ja ich glaube schon. Man muss schnell sein, weil jetzt alle anderen Angestellten aus den Hotels auch nachfragen."

„Was muss man da können?", fragte Adi.

„Man muss Autofahren können und evtl. Schießen."

„Das kann ich, da bin ich prädestiniert."

„Und dein Arm?", fragte Beni.

„Oja, mein Arm, was tun wir nur?"

„Wir gehen morgen zum Arzt und der soll sich das anschauen und danach versuchen wir für dich eine Arbeit bei der Hotelwache zu finden."

Sie saßen noch eine Weile zusammen, dann beschlossen Adi und Beni sich auf den Heimweg zu machen. Adi war nicht gut bei der ganzen Sache, er konnte einfach keine Ruhe finden. Alles verloren und in einem fremden Land, ging ihm ständig durch den Kopf. Als sie am Wohnwagen ankamen, schloss Beni auf und sie legten sich hin.

Kapitel IV – Das Leben geht weiter

Am nächsten Morgen wurde Beni von einem Ächzen und Krächzen geweckt. Adi war weg! Als er zum Fenster hinaus schaute sah er, wie Adi Gymnastik machte, naja so etwas ähnliches zumindest.

„Was machst du da, Adi. Es ist 7 Uhr!"

„Leibesertüchtigung macht einen klaren Verstand und verschafft dem Deutschen mehr Siegeswillen."

Nach Liegestützen Kniebeugen und Bocksprüngen war Adi total außer Atem.

„Naja, viel hast du ja nicht gemacht. Komm wir gehen duschen und dann zum Arzt."

Nach der Morgentoilette machten sie sich auf den Weg zu einem Orthopäden. Nach einer Stunde kamen sie dran.

Der Doktor drückte an Adis rechtem Arm herum und der zuckte immer wieder zusammen.

„Das ist eine Epicondylitis, auch Tennisarm genannt, sagte der Doktor" „Ich habe nie Tennis gespielt."

„Du hast das von was anderem", merkte Beni an.

„Ich gebe Ihnen eine Spritze und ein Rezept für eine Bandage, die bekommen Sie im Sanitätshaus."

Nach der Spritze fühlte sich der Arm schon etwas besser an. Sie dankten dem Doktor und gingen ins Sanitätshaus gegenüber. Beni gab das Rezept ab und der Mitarbeiter brachte die Bandage.

„Das ist eine spezielle Bandage, die drückt auf den Muskel hier und entlastet damit die schmerzende Stelle."

Kaum hatte Adi die Bandage angezogen, schnellte sein rechter Arm zum Gruß in die Höhe.

Zu zweit mussten sie ihn halten und ihn wieder herunterdrücken. Nach ein paar Minuten hatte sich das Ganze wieder etwas beruhigt, allerdings schnellte der Arm immer wieder kurz nach oben.

„Adi, reiß dich zusammen, wir gehen jetzt zu dieser Hotelwache."

Im Büro der Hotelwache begann der Mitarbeiter verschiedene Fragen zu stellen und notierte Adis Daten in einem Formular. Adis Arm schnellte wieder in die Höhe.

„Was haben Sie?"

„Da drüben an der Wand eine Spinne."

Er drückte seinen Arm selbst wieder nach unten. Eigentlich freute er sich aber, dass der Gruß wieder so gut funktionierte.

Als der Mann gegenüber alle Fragen ausgefüllt hatte, kam die alles entscheidende Frage:

„Haben Sie militärische Erfahrung?" „Ja, selbstverständlich ich bin der größte ...." Beni unterbrach ihn sofort: „Ja er war in der Armee als einfacher Soldat."

Sie hatten Glück. Adi bekam eine Uniform, einen Schlagstock und ein Dienstfahrzeug, mit welchem er patrouillieren sollte.

„Sie treffen sich um 20.00 Uhr mit Massimo, er geht mit Ihnen. Der Nächste bitte."

Adi und Beni verließen das Büro der Hotelwache und gingen in die Pizzeria.

„Adi, iss noch etwas bevor du los musst." „Beni, Massimo ist der von gestern oder?"

„Si, er ist ein Freund von Roberto."

Adi stand auf und nahm seine Uniform mit auf die Toilette.

Als er zurück kam staunten alle und er war etwas stolz wieder eine Uniform tragen zu dürfen, als sein Arm wieder nach oben schnellte.

„Da.. da…", rief er. „An der Decke, eine Maus!"

Alle mussten lachen. Er aß noch eine Pizza und verschwand dann zum Treffpunkt. Um Punkt acht Uhr kam er dort an, doch kein Massimo.

„Diese Italiener, unpünktlich", murmelte er in sich hinein.

Nach zehn Minuten tauchte dann auch Massimo auf. „Ah Ciao, es hat geklappt."

„Ja, aber Sie sind unpünktlich, das ziemt sich nicht."

„Calma Adi, wir machen uns hier keine Stress, sind einfach entspannt."

„Lass uns losfahren." Adi versuchte die Türe zu öffnen, doch irgendwie ging das nicht.

„Zieh am Griff, Adi", sagte Massimo zu ihm und dann klappte es.

Eingestiegen war das Zündschloss nicht zu finden. „Dort ist es", half Massimo erneut.

„Ich bin schon einige Zeit nicht mehr gefahren."

Adi ließ das Auto an und alles blinkte und blitzte im Armaturenbrett.

„Was ist das für ein Auto?" fragte er. „Das ist ein Volkswagen."

„Ah meine Entwicklung für das deutsche Volk", murmelte Adi. Nachdem er einige Zeit an der Schaltung rumgefummelt hatte, hatte er endlich den Rückwärtsgang erwischt und sie stießen zurück. Ganz stolz saß er hinter dem Lenkrad und Massimo wies ihm den Weg. Beim Schalten benutzte Adi jedes Mal Zwischenkupplung und Zwischengas. „Das ist ein synchronisiertes Getriebe, du bist wirklich schon lange nicht mehr gefahren oder?"

Nach einiger Zeit klappte alles und sie kamen zum ersten Hotel.

„Also Adi, aufschließen, einmal durch das Gebäude, Karte stempeln, abschließen und weiter."

Gesagt getan, die erste Streife konnten sie mit Erfolg um vier Uhr früh beenden.

Adi stellte das Dienstfahrzeug wieder zurück und lief zum Campingplatz.

Beni schlief noch tief und fest.

Adi hängte seine Uniform fein säuberlich an einen Bügel und legte sich dann auch hin. Am nächsten Morgen wollte Beni ihn nicht wecken.

Erst um 10.00 Uhr wachte Adi auf. Beni rief ihm von draußen zu: „Guten Morgen Amico, heute ziehen wir in unsere Wohnung!"

„Guten Morgen, alter Freund. Da brauch ich noch einige Utensilien."

„Was meinst Du?"

„Parteibilder und Ehrenabzeichen, so etwas gehört in die Wohnung eines guten Soldaten."

„Wir dürfen nichts an die Wand hängen und deine Partei gibt es nicht mehr."

„Beni, wir wollten doch eine gründen, hast du das vergessen?" „Ich dachte du scherzt."

„Ich scherze niemals, wir gründen die BAPP!"
„BAPP? Was soll das heißen?"

„Beni und Adis Partei des Proletariates."

„So kannst du keine Partei mehr nennen. Proletariat sagt heute keiner mehr."

„Lass mich in Ruhe, ein Diktator muss eine Partei haben, sonst ist er kein Diktator.

Und ich bin der Diktator des Volkes. Ich verstehe was meine Untertanen brauchen!"
„Diktator des Volkes, Stupido. Das ist Blödsinn. Pack dein Zeug und wir fahren in die Wohnung."

Sie packten alles in ein paar Plastiktüten und verluden die Sachen in den Piaggio, den sich Beni mal wieder ausgeliehen hatte. Sie gaben ein Bild für die Götter ab: Adi und Beni die großen Paradespezialisten in einem 3-Rad-Piaggio. Wenn das Churchill oder Stalin sehen könnten! Zum Glück hatte Adi den pinken Jogginganzug an Chiara zurückgegeben.

Sie hatten alle Mühe das Apartment zu finden, trotz der sehr detaillierten Beschreibung, die ihnen Roberto gegeben hatte. Nachdem sie zig Mal durch das Dorf geirrt waren sahen sie endlich die Seitenstraße in welcher das Haus sein musste.
Sie parkten den Piaggio und gingen zu Fuß bis zum Eingang. Dort öffnete Beni die Tür und sie gingen hinauf in ihre Wohnung.

Adi musterte alles und sah sich besonders die Lage der Fenster an. „Beni von hier aus können wir nicht sehen, wenn der Feind kommt, dass gefällt mir nicht."
„Adi, es gibt keinen Feind mehr, jetzt räum deine Sachen ein und überleg dir, was du noch so brauchst."

Jeder ging in sein Schlafzimmer und räumte seine Kleidung in die dafür vorgesehenen Schränke. Gemeinsam überlegten sie was sie noch brauchen würden.

Benis Liste war relativ pragmatisch: Nudeln, Tomaten, Brot, Rotwein, Grappa, Käse und Schinken.

Adi hatte ganz andere Ideen: EPA(Notverpflegung der Bundeswehr – Hartkekse, auch Panzerplatten genannt), Munition, Helm, Stacheldraht und sein geliebtes Rindfleisch aus der Dose. Beni hatte alle Mühe ihm das wieder auszureden.

Sie kauften also ein. Nachdem sie sich eingerichtet hatten, überlegten sie wie es in Zukunft weitergehen sollte. War das ihr Ende? Hotelwache, abspülen in der Pizzeria, Straßenkünstler? War das den großen Herrschern nicht unwürdig?

Die Zeit verging und Adi machte brav seinen Dienst in der Hotelwache. Beni lebte von dem was er im Sommer verdient hatte.
Eines Nachts, es war ca. 2.00 Uhr machte Adi seinen Rundgang im Hotel Casarecci, als er ein Geräusch in einem Zimmer hörte.
Über Funk rief er Massimo. „Massimo, da ist jemand im 2.Stock!"
„Ok Adi, ich komme."
Massimo machte seine Zigarette aus und versuchte möglichst unauffällig zu Adi in den zweiten Stock zu gelangen. Beide lauschten an einem der Zimmer und hörten wie offensichtlich ein Liebespaar seinem Vergnügen nachging.
„Massimo, was machen wir jetzt? Sollen wir stürmen?", fragte Adi.
„Nein, lass ihnen ihren Spaß, wir warten noch etwas und werden dann klopfen."

Adi beugte sich hinunter und sah durch das Schlüsselloch. Auf dem Bett liebten sich zwei junge Menschen.

Das Mädchen war wunderschön, so unberührt und unschuldig. Adi begann zu träumen. Kurze Zeit drauf zog ihn Massimo von der Türe weg.
„So jetzt reicht es, wir klopfen."
Massimo hämmerte wie wild gegen die Tür und dann öffneten sie mit ihrem Generalschlüssel.
Sichtlich erschrocken zog sich das junge Paar die Bettlaken über.
„Was machen Sie hier? Sie dürfen hier nicht sein."
„Wir, äh… wir haben.. äh." Adi ging auf die beiden zu und gab Ihnen ihre Kleidung:
„Ziehen sie sich an, dass ist unzüchtig was Sie hier tun." „Meinem Vater gehört das Hotel und ich wollte mich mit meiner Freundin hier verstecken.
Zu Hause dürfen wir das nicht", sagte der junge Mann. „Können Sie das beweisen?" fragte ihn Massimo.
„Ja, wir ziehen uns nur kurz an und dann zeige ich es Ihnen." Adi und Massimo drehten sich um und das Liebespaar zog sich an.
Im Spiegel konnte er die letzten Blicke auf den makellosen Körper der jungen Italienerin werfen.
„So, jetzt kommen Sie, in der Eingangshalle hängt ein Familienfoto von uns, da können sie sehen, dass ich die Wahrheit sage."
Gemeinsam gingen Sie zur Rezeption und tatsächlich hing dort ein Foto der Familie Casarecci.
„Adi, was machen wir, eigentlich ist doch alles ok oder?"

„Korrekt ist das nicht Massimo, wir müssen das eigentlich melden."

„Ach Adi, lass doch, dass bringt uns auch nur Ärger."

„Na gut." „Sie können gehen", entließ Masssimo die zwei Liebenden.

Die huschten beschämt davon. Adi stempelte seine Karte und dann verschlossen sie das Hotel wieder. Das junge Mädchen allerdings, ging ihm nicht mehr aus dem Kopf.

Als sie gegen vier Uhr früh die Patrouille beendet hatten fiel Adi ziemlich kaputt ins Bett. Schlafen konnte er allerdings nicht.

Er sah immer wieder dieses junge unverbrauchte Mädchen und fasste den Plan eine Frau kennenlernen zu wollen.

Am nächsten Morgen wachte er gegen 10.30 Uhr auf. Es roch bereits nach frischen Kaffee und er ging zu Beni in die Küche.

„Buon Giorno", begrüßte der ihn.

„Schau Adi, was ich besorgt habe" , er zeigte auf einen nagelneuen Fernseher.

„Ah Television, davon habe ich schon mal gehört. Das hätten wir gebraucht. Gibt es auch ein deutsches Programm?"

„Ja alles, du musst nur hier diese Tasten drücken und kannst dich durch die verschiedenen Sender schalten", erklärte ihm Beni während dem er die Fernbedienung in der Hand hielt.

Adi wirkte nachdenklich. „Was hast du Adi? Ärger gehabt?" „Nein, nicht direkt, aber …"

Er erzählte Beni die ganze Geschichte und von seinem Wunsch nach einer Frau.

„Beni, du musst mir eine Frau besorgen, lass zwei oder drei hierher kommen und ich suche mir eine aus."

„Hast Du schon einmal in den Spiegel geschaut? Ich glaube nicht, dass du dir eine Frau aussuchen kannst."

„Ich bin der Führer, ich kann alles", schnauzte Adi ihn an. Beni setzte sich zu ihm und schenkte einen Espresso ein.

„So einfach ist das nicht mehr, weißt du, Amico. Amore ist heute zwar einfacher, aber so wie du dir das vorstellst geht das nicht." „Aber wie dann? Was soll ich tun?"

„Nun, die Prostitution ist in Italien zwar verboten, aber ich kann mal mit Roberto sprechen."

„Prostitution? Beni, so etwas brauche ich nicht. Mir lagen die schönsten Frauen Deutschlands zu Füßen."

„Nur, das die alle tot sind", lachte Beni.

Am Nachmittag gingen sie zu Gian-Luca ins Café. Hier saßen nun nur noch Einheimische, die Touristen waren alle fort. Es war ja auch schon November und die Tage wurden immer kälter.

„Schau, die da drüben Beni, die würde mir gefallen. Stell mich vor!"

„Die kennst du doch gar nicht und außerdem ist die viel zu jung."

„Trotzdem, mach es einfach."

Die Dame, die Adi gesehen hatte war wohl Ende 30, dunkelhaarig, sportlich und sehr gepflegt. Sie unterhielt sich gerade mit Gian-Luca als Beni dazukam.

„Buon Giorno Signorina, Ciao Gian-Luca. Was macht denn diese hübsche Frau in deinem Café?"

Die Dame lächelte.

„Ciao Beni, das ist Nadja, sie wohnt hier im Winter, bis die Saison wieder weitergeht."

„Nadja, Seniorina, Sie sind aber keine Italienerin?"
„Nein, ich komme aus Tschechien."

„Und was machen Sie so?" Gian-Luca musste lachen und nahm sich Beni auf die Seite.

„Beni, das ist eine ...Naja du weißt schon." „Nein was denn?"

„Eine die es gegen Geld macht."

„Ich dachte das ist in Italien verboten."

„Si certo, aber es wird toleriert, außerdem begleitet sie die Herren nur zum Essen und so", zwinkerte er ihm zu. Beni schaute in seine Hosentasche und fand 100€. Er ging zur Dame hinüber und fragte sie, ob sie einem einsamen Herz helfen könnte. Er dürfte es aber nicht merken und zeigte auf Adi.

Nadja willigte ein und nannte ihren Preis.

„Hier das ist eine Anzahlung, den Rest bringe ich Ihnen später." Er nahm sie an der Hand und sie gingen zu Adi hinüber.

„Adi, das ist Nadja, eine gute Bekannte von Gian-Luca." Adi stand auf und sein rechter Arm schnellte wieder mal in die Höhe vor lauter Aufregung.

Er drückte ihn wieder herunter und küsste Nadjas Hand.

„Oh, ein echter Gentleman", sagte sie.

„Sie sprechen Deutsch, das ist ja phantastisch." Nadja setzte sich zu ihnen und Adi ließ eine Flasche Prosecco kommen.

Nach einer Stunde stand Beni auf und verließ sie unter einem Vorwand.

„Kommen Sie, wir gehen an den Strand, ich hole nur meine Jacke." Adi war vollkommen irritiert, dass es geklappt hatte. Nach einem romantischen Spaziergang fragte sie ihn: „Wollen Sie noch mit zu mir kommen? Bei mir ist es warm und kuschelig." Adi bejahte natürlich und gemeinsam gingen sie in Nadjas Wohnung. Im Wohnzimmer bot sie ihm einen Platz auf der Couch an und sagte: „Ich mache mich kurz frisch und dann bin ich gleich wieder bei Ihnen."

Als Adi die Dusche hörte, konnte er sich nicht mehr beherrschen. Er ging zum Badezimmer und schaute durch einen Spalt hinein.

Diese Frau war wunderbar, genauso hatte er es sich vorgestellt. Als sie das Wasser ausschaltete und sich ein Handtuch nahm, huschte er wieder schnell zurück ins Wohnzimmer.

Er dachte sich, sie würde sich nun bestimmt etwas anziehen und sie könnten sich noch eine Weile unterhalten, doch dann kam Sie im weißen Bademantel zu ihm und setzte sich auf seinen Schoß.

Adi konnte ihre Brüste sehen und ihm wurde mehr als warm. „Hast du dir das gewünscht?", fragte ihn Nadja. „Ja, das habe ich und ich bin begeistert:

Brüste hart wie Kruppstahl, du wärst die Mutter meiner Soldaten gewesen." Nadja wunderte sich, doch sie ließ sich nicht aus dem Konzept bringen und begann Adi auszuziehen:

„Willst du auch duschen, komm ich helfe dir."

Sie zog ihn weiter aus und ging mit ihm ins Bad.
„Komm das Wasser ist warm, stell dich drunter."

Adi genoss, was nun passierte.

Nadja seifte ihn ein. „Das ist gut, hat meine Mama immer gemacht, wie ich ein kleiner Bub war."

Nadja musste erneut lachen. Als sie fertig war, trocknete sie ihn behutsam ab und führte ihn ins Schlafzimmer, wo sie ihre Hüllen fallen ließ.

Adi schaute sich um, alles war in einem Rot-Ton und auf dem Nachttisch standen komische Werkzeuge.

„Was ist das? Das sieht aus wie meine V2-Rakete."

„Möchtest du das ausprobieren?"

„Ja, wie schießt man die ab?" Adi nahm einen der Vibratoren in die Hand und drückte darauf rum.

„Nicht schießen, das kommt später, dreh einfach an dem Deckel." Er erschrak:

„Was ist das? Eine Zeitbombe, ein Attentat?"

Nadja hatte sich mittlerweile hingelegt und verwöhnte ihr heiligstes:

„Nein Adi, komm her und streich es mir über mein kleines Ding."

Adi tat was sie sagte und staunte nicht schlecht, wie sie sich vor lauter Wollust dabei räkeln musste. Kurz drauf griff sie in den Nachttisch und nahm ein Kondom heraus.

Ganz vorsichtig packte sie es aus und nahm die Spitze in den Mund. Dann packte sie zu und saugte die „Deutsche Flak", wie Adi sein bestes Stück immer nannte, langsam in das Kondom hinein.

Jetzt musste er sich hinlegen und genoss ihr Spiel. Als alles in Stellung gebracht war, setzte sie sich auf ihn und versuchte ihn zu befriedigen.

„Jetzt darfst du schießen", sagte sie nur noch und Adi folgte ihrem Befehl.

Er war sich nun sicher, dass wäre die Frau für ihn. Sie wolle er zur Mutter seiner Kinder machen. Als sie von ihm herunter stieg fragte er

„Willst du die Frau eines mächtigen Mannes werden?"

„Aber ja, sofort." Sie zog sich an.

„Hast du keine Zeit mehr?" „Nein ich muss noch etwas erledigen." „Sehen wir uns denn wieder?"

„Jeder Zeit, wenn Du genug Geld hast." Adi verstand die Aussage nicht ganz, vermied es aber neugierig nachzufragen und zog sich auch an.

Eine Stunde später war er bei Beni in der Wohnung. „Und Adi, wie war es?"

„Eine tolle Frau, das muss die Loreley sein." Beni musste lachen.

„Beni, ich will für sie kochen und sie verwöhnen, ich brauche Robertos Pizzeria. Ein romantischer Abend wäre bestimmt toll."

Beni wollte ihm den Spaß nicht verderben und willigte ein bei Roberto nachzufragen.

„Sag ihm morgen Abend, da habe ich frei." Tatsächlich willigte Roberto ein. Nach der Nachtschicht und einem erholsamen Schlaf wollte er am nächsten Morgen mit Beni besprechen, was er kochen solle.

„Beni, ich dachte an einen Deutschlandburger." „Adi, Deutschland-Burger, wo hast du das denn her?"

„Habe ich überall gelesen, ist wohl modern."

„Und wie willst Du den machen?"

„Ganz einfach, zwei EPA und Dosenfleisch in die Mitte dazwischen."

„Bäh Adi, das isst keine Frau. Mach doch Spaghetti Vongole, die mag sie bestimmt."

„Du immer mit deinem italienischen Essen, ich will etwas aus meiner Heimat machen."

„Adi, da müsstest du ja Kaiserschmarrn und Frankfurter machen, das will auch keiner."

Nach einer schier endlosen Diskussion willigte er schließlich ein und Beni sollte ihm erklären wie man diese Vongole macht. Doch zuerst musste er Nadja einladen.

Als Adi die Wohnung verließ, um zu ihr zu gehen, machte sich Beni auf den Weg zu Gian-Luca. Er hatte die Hoffnung Nadja dort zu treffen. Abgehetzt kam er dort an und wie erwartet unterhielt sich Nadja wieder mit Gian-Luca.

„Ah, Nadja, hier sind die 200€ die noch fehlten und hier nochmal 300€. Er will Sie heute zu einem romantischen Essen einladen. Ich habe ihm unser Geheimnis noch nicht verraten, spielen Sie noch einmal mit, bitte?"

„Sie zahlen, ich spiele!", sagte sie nur, als auch schon Adi zur Tür hereinkam.

„Nadjaaaaaaa, ahhhhh hier bist du", sagte er während dem er zu ihr rüber stürmte. Er nahm wieder ihre Hand und küsste sie.

„Willst du heute Abend mit mir Essen? Sag ‚ja‘, bitte." Nadja ließ die 300€ verschwinden und willigte ein.

„Ja Adi, gerne."

„Um acht bei Roberto, doch jetzt muss ich einkaufen. Beni komm."

Er nahm Beni am Arm und schob ihn aus dem Café.
„So Beni, wir gehen einkaufen, was brauche ich alles für diese Spaghetti?"

„Also, so genau weiß ich das nicht, aber ich glaube diese Muscheln gibt es am Strand und das Fleisch aus der Dose.

Also wenn ich die bei Roberto esse, sind die Muscheln eh meist leer. Er muss die vom Strand nehmen, sonst müsste er ja alle aufmachen oder so?"

„Na gut, dann gehen wir Muscheln sammeln."

Am Strand packten sie eine Venusmuschel nach der anderen in eine Tüte. Als sie genug hatten versuchte Beni die weiteren Zutaten zu erraten:

„Also, auf jeden Fall Knoblauch, Olivenöl und Weißwein, das brauchen wir auch noch und Petersilie, da ist immer was Grünes drin."

Sie gingen in den nächsten Supermarkt und suchten zunächst Vongole aus dem Glas und dann die restlichen Zutaten. Als sie alles gefunden hatten, gingen sie zur Kasse und bezahlten.

Zurück in der Pizzeria, wartete Roberto bereits auf sie.

„Macht nichts kaputt und schaltet hinterher das Licht aus klar?", sagte er nur.

„Aber Roberto, das geht alles klar", versprach ihm Beni. „Was habt ihr da in der Tüte?"

„Vongole, für die Nudeln."

„Habt ihr die vom Strand?" „Ähm ja, was ist daran verkehrt?" „Ihr wollt also leere Muscheln in die Nudeln tun?"

„Ja und diese hier aus dem Glas schau her."

Roberto schüttelte nur den Kopf und ging zurück nach Hause. In der Küche wollten sie als erstes die Muscheln waschen.

Adi ließ etwas Wasser in die Spüle, doch Beni hatte eine bessere Idee.

„Adi, schau, hier waschen sie immer die Teller drin, das geht bestimmt auch für die Muscheln."

Gesagt, getan, Adi öffnete die Spülmaschine und Beni kippte die Muscheln hinein.

„So jetzt noch hier drücken und alles wird sauber."

„Und was brauchen wir jetzt?", fragte Adi.

„Jetzt kochen wir Nudeln im Wasser und dann müssen wir nur noch alles mischen."

Kurz drauf waren die Nudeln al dente und Beni gab sie mit Olivenöl in eine Pfanne. Dann den Knoblauch und die Petersilie dazu und Weißwein darüber.

„So und jetzt noch die Muscheln aus dem Glas", sagte Beni.

„Sieht komisch aus findest Du nicht", merkte sein Freund an. „Certo, es fehlt ja noch die Verzierung."

Als die Spülmaschine sich fertig meldete öffneten sie sie erneut und die Muschelschalen blitzten und blinkten.

Zwei Hände voll gab Beni hinein und dann rührte er kräftig um.

„Adi, hier eine Gabel, probier, mangi mangi."

Beide stocherten gleichzeitig in dieser undefinierbaren Masse.

„Meinst du nicht, man hätte den Knoblauch schälen müssen?"

„Warum? Ist besseres Aroma so." Als beide die erste Gabel in den Mund nahmen, sah man ihnen an, dass es nicht der Geschmack war den sie erwartet hätten.

„Pfui Teufel!" Adi spuckte alles aus.

„Porca miseria!" Beni tat ihm gleich.

„Was mache ich jetzt, ich habe nichts zu essen für Nadja." In diesem Moment klopfte es an der Tür. Adi öffnete und da war schon Nadja.

„Hallo Adi, na, alles fertig für unser Essen?" „Ähhhhh ja, der Koch hat alles vorbereitet."

„Ein Koch, soso." Er führte Nadja zu einem Tisch und zündete eine Kerze an.

„Ich gehe in die Küche und schaue ob alles fertig ist. Dort fand er Beni, wie er mit allerlei Gewürzen versuchte zu retten was nicht mehr zu retten war. „Schmeiß es weg Adi, das kann niemand essen." „Und was mache ich jetzt, wie stehe ich jetzt da?"

Sie durchwühlten alle Schränke und die Vorratskammer auf der Suche nach Essbarem und dann wurden sie fündig.

„Hier eine Dose Tomaten, das kann ich Adi, das bekomme ich hin."

Adi ging zurück zu Nadja, während dem ihm Beni das Abendessen zubereiten wollte. Da klopfte es am Fenster in der Küche.

„Zio Beni, mach mir die Hintertür auf!" Es war Roberto. „Roberto, was willst Du hier?"

„Ich bringe richtige Vongole, geh auf die Seite. Muscheln vom Strand, Stupido!"

Roberto kochte erneut Nudeln und bereitete die Vongole zu. Derweil hatten Adi und Nadja begonnen eine Flasche Rotwein zu trinken und Adi hatte alle Mühe sie hinzuhalten.

Doch dann rief ihm Beni aus der Küche zu, er könne das Essen holen. Roberto hatte es hinbekommen und sogar etwas Salat gab es dazu.

Adi trug es raus und stellte es Nadja hin: „Wohl bekomms." Natürlich konnte er es nicht lassen ihr wieder in den Ausschnitt zu schauen:

„Adi Adi, Du darfst ja bald, jetzt beruhige dich doch." Adi wurde wieder mal rot.

Als er seinen Teller hinstellen wollte, passierte das Schlimmste, was passieren konnte, sein Arm schnellte wieder in die Höhe und die Nudeln flogen durch das ganze Lokal.

Überall lagen Spaghetti und Vongole und einige klebten an der Decke. Eine Nudel hatte sich auf Adis Oberlippe verirrt und Nadja musste lachen.

„Jetzt siehst du aus wie der Hitler!" Adi fand das gar nicht lustig und wollte schon sagen, dass er das ist, doch dann kamen Roberto und Beni rein und sahen die Sauerei. „Madre Dio, was für eine Sauerei und was macht die denn hier", schimpfte Roberto.

Adi stellte sich schützend vor Nadja.

„Das ist die künftige Frau des Führers, was erlaubst du dir?"

Roberto musste schallend lachen und Beni schlich langsam rückwärts in die Küche.

„Adi, das ist eine Nutte, was hast Du ihr bezahlt?"

Adi konnte es nicht glauben und ohrfeigte Roberto. Der wurde stinksauer und schmiss beide aus dem Lokal. Als sie draußen standen, schauten sie sich tief in die Augen und das erste Mal seit langem konnte Adi wieder richtig lachen.

Nadja bekam kaum Luft, so hatte sie sich amüsiert.

„Bist Du wirklich eine Dirne?", fragte Adi und Nadja nickte.

„Beni hat Dich bezahlt?" „Ja." „Ich will realistisch sein, warum solltest du auch auf mich stehen, das konnte eh nicht sein, aber ich zahls ihm heim."

Sie schlenderten die Straße hinunter und Nadja fragte: „Willst du es trotzdem noch?" „Ja, ich wäre doch dumm, wenn nicht oder? Meinen Soldaten habe ich auch Frauen an die Front geschickt, damit sie sich vergnügen konnten."

„Adi, du bist komisch."

Sie gingen zu Nadja und hatten ihren Spaß. Auch wenn sie dafür bezahlt worden war, hatte er das Gefühl etwas ganz besonderes erleben zu dürfen.

Nach ein paar Flaschen Wein wurde es immer heiterer. Er hatte gerade Nadja von hinten am Wickel und hielt zwei der Sexspielzeuge in der Hand und fuchtelte damit rum:

„Treib sie weiter Rommel, diese Himmelhunde! Sieg, Sieg, Sieg!" Nadja musste lachen und drehte sich um.

„Adi, du bist so lustig, so habe ich schon lange nicht mehr gelacht."

„Findest du? Früher fanden mich die Leute nicht lustig, hätte wohl mehr trinken sollen." „Wie alt bist Du Adi?" „125, nicht schlecht, oder?"

Nadja lachte wiederum und dann wurde es einen Moment ruhig. Hatte sie ihn erkannt?

„57, ich habe nur Spaß gemacht."

Beide lachten wieder.

„Adi, du musst nicht gehen. Wenn du willst, bleib hier bis morgen früh", sagte Nadja zu ihm und gab ihm einen Kuss.

„Das tue ich normal nicht, nur wenn ich jemanden sehr gerne mag." Dann lagen sie noch eine Weile in Nadjas Bett, bevor sie einschliefen.

Am nächsten Morgen wachte Adi früh auf.

Nadja schlief noch und er schaute ihr zu, wie sich ihr Körper zart im Rhythmus ihrer Atemzüge bewegte.

Er dachte nach, wie er Beni die Geschichte heimzahlen konnte.

„Dieser Italiener, hat noch nie etwas getaugt." Als Nadja etwas später aufwachte, fragte Adi sie, ob sie noch zusammen frühstücken wollten. Sie stimmte zu und zusammen gingen sie zu Gian-Luca ins Café.

Alle Augen richteten sich auf sie, als sie sich setzten. Adi bestellte zwei Cappuccino und Brioche.
„Ich muss dem Kerl eins auswischen", sagte Adi.
Nadja überlegte und dann hatte sie eine Idee.
„Ich habe da eine Freundin, die ist sehr nett und ich glaube sie könnte Beni richtig hinters Licht führen."
„Und das merkt er nicht."
„Nein ich glaube nicht, ich kann sie gleich anrufen, wenn du möchtest." „Ja, mach das doch bitte."
Nadja kramte ihr Handy hervor und versuchte ihre Freundin zu erreichen.
„Hallo Roberta, bist es du? Ich bins, Nadja." Nadja erzählte ihr was sie vorhatten und Roberta stimmte zu. Sie sollte später ins Café kommen und sich an Beni ranschmeißen.
Der österreichische Clown und Nadja vereinbarten das Schauspiel von der anderen Straßenseite aus zu beobachten.
Gegen 14.00 Uhr kam Beni und kurze Zeit darauf Roberta. Sie schaute kurz durchs Fenster um zu sehen, ob er schon da war und sie ihn auf Grund der Beschreibung von Nadja erkennen könnte.
Es war kein Problem, schnell hatte sie das Objekt der Begierde ausgemacht und ging hinein. Viele große Männeraugen schauten sie an. Sie war ja auch schön anzusehen mit ihren großen dunklen Augen, den kurzen Haaren und dem markanten Gesicht.

Hoch gewachsen und fast schon etwas burschikos wirkte sie. Beni fiel sie sofort auf. Sie ging an die Theke und stellte sich zwischen die espressotrinkenden Männer.

Dann ließ sie ihre Zigaretten fallen und wie man sich denken kann, bückte sich Beni sofort und gab sie ihr wieder.

„Signorina, welch Überraschung, so eine hübsche Frau in unserem Café."

„Mein Café", meckerte Gian-Luca und lehnte sich zu Roberta hinüber.

„Sehr charmant, Signore ….?"

„Beni, meine Freunde nennen mich Beni."

„Beni, was für ein schöner Name." Nadja und Adi lauerten inzwischen vor dem Café und versuchten durch das Fenster zu erkennen was die beiden trieben.

„Es klappt, Geheimoperation Adlerhorst läuft."

„Ja Adi, schau und seine Hand hat er schon an ihrem Arsch." Beni war in seinem Element. Er bestellte einen Prosecco nach dem anderen und schwang große Reden über sich, Italien und die Zukunft. Roberta lauschte ihm gespannt. Irgendwann blies sie zum Angriff und legte ihre Hand ebenso auf seinen Hintern. Das nahm Beni als Signal zum Frontalangriff.

„Gian-Luca, Musik, ich will tanzen!" Gian-Luca schüttelte nur den Kopf und legte eine alte Luigi Battista-CD auf.

Aus den alten Lautsprechern war ein italienischer Hellebarde zu hören, der „Penso a te" sang, das Liebeslied an eine Frau, die aus den Gedanken eines Mannes nicht mehr verschwinden wollte.

„Perfavore, Roberta", sagte Beni und hielt ihr den Arm hin. Sie hakte sich ein und sie begannen zu tanzen. „Beni, bring mich ins Bett, ich will dich jetzt", sagte Roberta nach einigen Minuten.

Beni traute seinen Ohren kaum und wollte die Chance beim Schopfe packen. „Si, pronto." Sie verließen Gian-Lucas Café und gingen in ihr Apartment. Nadja und Adi schauten ihnen eine Weile hinterher, um ihnen dann zu folgen.

Am Eingang des Hauses warteten sie kurz. Sie wollten auf Nummer sicher gehen, dass die anderen zwei schon im Bett waren, wenn sie nach oben gehen würden. Kurz drauf standen sie vor Benis Zimmer und lauschten. Sie hörten wie die Beobachteten schwer atmeten und dann sagte Nadja: „Pass auf, gleich kommts!"

„Was Nadja, was denn?", fragte Adi.

„Warte noch ein bisschen, gleich, lass dich überraschen."

Plötzlich hörte man einen Schrei aus dem Zimmer: „Porca Miseria, du hast ja einen Schwanz, du bist gar keine Frau!" Adi konnte sich nicht mehr halten, er schaute durch das Schlüsselloch und da sah er die Kleinigkeit, die zu viel war und begann fürchterlich zu lachen.

„Nadja, das ist das Lustigste, was ich je erlebt habe, wir haben den Duce reingelegt!" Nadja wunderte sich mal wieder über seine Ausdrucksweise.

„Komm, wir verschwinden, Roberta kommt bestimmt gleich raus." Mit großem Getöse riss Beni die Türe auf.

„Vai, vai fuori!", rief er und Roberta verschwand. Vor dem Haus trafen sie sich und lachten wegen der komischen Geschichte, als Beni sie vom Fenster aus sah.

„Der Bastard hat mich reingelegt", murmelte er. Und Adi winkte ihm.

„Eigentlich müssen wir diesen Sieg über Italien feiern, aber ich habe ab acht Uhr Wachdienst, tut mir leid. Vielleicht ein andermal.", sagte Adi zu den beiden Damen. Roberta ging weg und Nadja sagte: „Wenn Du mal jemanden brauchst, komm zu mir, als Freund." Sie gab ihm noch einen Kuss und verschwand dann ebenso. Adi grinste immer noch, als er hinaufging.

Dort wurde er schon erwartet.

„Adi, du Himmelhund, was schickst du mir so eine?"

„Beni, du hast das Gleiche gemacht und das war meine kleine Rache."

Während dem er sich für die Arbeit umzog schimpfte Beni weiter wie ein Rohrspatz.

„Wenn das einer erfährt, der Duce mit so einem, dann bin ich völlig blamiert."

„Ich verspreche dir, ich sage nichts", beruhigte ihn sein Freund.

Doch die Probleme mit den Frauen waren damit noch nicht gelöst. Adi ging zur Patrouille und Beni setzte sich vor den Fernseher.

Es war das beste Mittel, um zu lernen was in den letzten Jahren alles passiert war. Zur vorgerückten Stunde kam ein Bericht über ihn und Adi auf einem Doku-Sender und er schaute sich genau an was dort über ihn und diese Zeit erzählt wurde.

„Das stimmt doch gar nicht, so etwas habe ich nie gesagt. Die spinnen doch. Was soll der Adi gemacht haben? Ja gut das schon, aber das ist doch Propaganda, so war es dann auch nicht."

Er nahm sich vor, Adi zu erzählen was man über ihn berichtete. Dann kam eine Sendung in Deutsch. Er tat sich schwer, alles zu verstehen, aber er fand es interessant. Man konnte ins Fernsehen kommen, wenn man seine Auswanderung in ein anderes Land filmen lassen würde. Am Ende der Sendung wurden auch die nächsten Casting-Termine bekannt gegeben und er schrieb sich alles auf.

„Das muss der Adi machen, dann wird er wieder berühmt und wir werden viel Geld verdienen."

Die Idee war geboren, er plante, dass sie bei „Tschüß Deutschland" mitmachen sollten und wollte zusammen mit Adi eine Bewerbung schreiben.

Adi sollte zu ihm nach Italien auswandern und zusammen mit ihm eine Militarienhandlung eröffnen. Gerade so alte Sachen waren immer noch sehr beliebt und schließlich kannten sie beide sich damit bestens aus.

Kapitel V – Der Plan

Am nächsten Morgen weckte er Adi und wollte gleich mit ihm einen Plan aushecken. „Adi, die haben gestern in einer Sendung im Television lauter Lügen über uns erzählt und dann
habe ich eine andere Sendung gesehen, wo gefilmt wird, wie man in ein anderes Land auswandert.
Das wäre was für uns und wir könnten unseren Ruf wieder herstellen."

„Was erzählst du da, ich soll auswandern, aber ich bin doch schon hier."

„Du musst zurück nach Deutschland und dich da bewerben, ich kann ja nicht, weil ich Italiener bin, aber du kannst. Du wanderst dann zu mir aus und wir eröffnen einen Militärladen. Du hattest doch mal einen Wohnsitz in Deutschland?"

„Ja natürlich, ich muss mir das überlegen, aber ich denke unser Propagandaminister wäre dafür. Ganz Europa könnte mich sehen, was sag ich denn, die ganze Welt und dann überbringe ich die Botschaft. Sieg, Beni, Sieg." „Forza, Forza, das machen wir." „Und Leni Riefenstahl soll das alles filmen."

„Die ist schon lange tot, weißt du wie alt die heute wäre?"

„Stimmt. Mist, daran hatte ich mal wieder nicht gedacht."

„Komm wir treffen uns heute mit Chiara, sie soll ihr komisches Ding befragen was wir alles tun müssen."
„Das machen wir, so sei es, mein Freund."
Am Nachmittag waren sie mit Chiara im Café verabredet. Beni kam ohne Umschweife auf den Punkt.

„Chiara, cara Mia, hast du dein komisches Ding dabei, mit dem man alles herausfinden kann?"

„Si, Zio." Chiara holte ihren Laptop heraus und schaltete ihn ein. Beni gab ihr den Zettel mit den ganzen Informationen, die er sich nach der Sendung notiert hatte.

„Zio, hier ist es. Da muss man sich bewerben, geht per eMail." „Was ist eMail?", fragte Adi.

„Das ist ein Brief den man über ein Kabel schicken kann."

„Ah telegraphieren ok, dann machen wir das."

„Also ihr beide entwerft die Bewerbung und ich schicke sie dann hin. Und jetzt muss ich wieder los, ciao." Chiara verließ die beiden und zwei nachdenkliche Gesichter schauten in die Nachmittagssonne.

„Aber erst nehmen wir einen kleinen Roten und dann fangen wir an, oder Adi?"

„Ihr Italiener seid so faul, ber daran muss ich mich wohl noch gewöhnen." Einige Gläser später holte Beni einen Block und Stift und sie begannen zu schreiben.

„Adi, mit welchem Namen willst du Ddich bewerben?"

„Mit meinem Namen natürlich, was denn sonst?"

„Das halte ich für keine gute Idee, caro mio."

„Aber mit welchem Namen denn dann? Vielleicht als von Braun oder von Siemens oder als Schmitz oder Müller?"

„Wir schreiben deinen Namen einfach rückwärts, das hört sich auch etwas exotisch an, was meinst du?"

„Reltih, du meinst Reltih ist exotisch? Ich möchte einen deutschen Namen."

„Basta Du nimmst Reltih", entschied Beni.

Sehr geehrtes Fernsehen,

mein Name ist Adi, Adi Reltih. Ich bin 57 Jahre alt und habe auf dem deutschen Arbeitsmarkt kaum noch eine Chance. Da ich aus dem Einzelhandel komme und in Italien einen Freund habe, der mir helfen will, möchte ich zu ihm auswandern und wir wollen gemeinsam einen Laden für alte Militaria eröffnen. Ich biete Ihnen an, diese Auswanderung zu filmen. Anbei erhalten Sie auch ein Foto von mir.

Mit kameradschaftlichem Gruß

Adi Reltih

Genauso gaben sie den Text an Chiara weiter und die schickte die Bewerbung als eMail an den deutschen Sender.

Die nächsten Wochen waren vor Spannung kaum auszuhalten. Spätestens alle zwei Stunden fragten die ehemaligen Despoten bei Chiara nach, ob bereits eine Antwort gekommen war und dann eines Abends hämmerte jemand heftig an ihre Tür.

„Zio, Zio, mach auf, ich habe eine Nachricht für Adi!"
Wie ferngesteuert stürmten sie zur Tür und öffneten.
„Ciao Chiara, komm rein, schnell, zeig uns was du hast!" Chiara eilte hektisch in die Küche herüber und stellte ihren Laptop auf den Tisch.

Nachdem sie ihn aufgeklappt hatte zeigte sie Adi und Beni die eMail. Wie zwei kleine Kinder stießen sie sich immer wieder gegenseitig auf die Seite, weil jeder als erstes sehen wollte was der TV-Sender geschrieben hatte.

Sehr geehrter Herr Reltih,

wir laden Sie herzlich zum 3. Casting für unser TV-Format „Tschüß Deutschland" nach München ein.
Es findet am 15.Januar in den Räumen von TV-Bock in München Unterföhring statt. Bitte melden Sie sich bis spätestens 10 Uhr beim Pförtner. Bitte bringen Sie einen Nachweis über einen Wohnsitz in Deutschland mit.

Mit freundlichen Grüßen
Marc Niel - Producer

Nachdem sie die Nachricht gelesen hatten, wurde es kurz still um sie und dann lagen sie sich alle in den Armen vor Glück. Es hatte geklappt.
Der erste Schritt war getan. Sollten sie wirklich das große Glück haben, über diese Sendung berühmt zu werden und so wieder zu Reichtum und Macht zu gelangen?

Sie beschlossen zunächst ins Café zu gehen, um zu feiern. „Chiara, komm doch mit uns, Signore Reltih gibt einen aus."
Im Café bestellten sie alles, was die Karte hergab.
Ein richtiges italienisches Besäufnis.
Adi lud immer wieder das ganze Lokal ein, bis ihm plötzlich ein schräger Gedanke kam.

Der Nachweis über den Wohnsitz machte ihm Sorgen. Unter dem Namen Adi Reltih kannte ihn niemanden und er konnte auch nichts in historischen Akten finden und mit seinem echten Namen wäre alles noch schlimmer.

Niemand würde ihm glauben, wer er sei. Eine Lösung musste her. Grübelnd saß er mittlerweile im Eck des Cafés, während Beni zum dritten Mal die Polka Mazulka mit Chiara tanzte, als er seinen nachdenklichen Freund entdeckte.

Er ging zu ihm hinüber: „Amico, was hast du, feiere doch mit uns."

„Beni ich habe keine Papiere für Deutschland und sie wollen einen Nachweis des Wohnsitzes."

Jetzt wurde auch Beni nachdenklich und setzte sich zu ihm, als ihm die Sache mit seinem Ausweis wieder einfiel.

„Adi, wir brauchen Papiere von einem Deutschen und dann gehen wir zum deutschen Konsulat, die sollen dir dann einen Ausweis ausstellen. Wir sagen du hast ihn verloren oder so."

„Wo willst du deutsche Papiere herbekommen?"

„Adi, schau, ob du in einem der Hotels vielleicht noch eine Kopie von einem Ausweis eines Urlaubers finden kannst. Die müssen die Dinger doch immer kopieren. Den Rest machen wir dann schon."

„Ok, ich werde morgen bei meiner Patrouille gleich mit der Suche anfangen."

Die meisten Gäste waren inzwischen gegangen und Gian-Luca zählte die Belege mit einem breiten Grinsen im Gesicht.

Als Adi und Beni sich hinausschleichen wollten rief er ihnen gleich hinterher. „HaltHaltHaltHaltHalt, erst bezahlen und dann gehen."
„Oh, bitte entschuldige Gian-Luca", sagte Adi. „Ich bin es nicht gewohnt zu bezahlen."
Gian-Luca konnte seinen Augen kaum trauen als Adi tatsächlich die Zeche von 287,20€ bezahlte und 20€ Trinkgeld drauflegte.
„Grazie, Adi, ci vediamo!" "Was hat er gesagt, Beni?"
„Er hat gesagt, dass ihr euch seht, quasi bis zum nächsten Mal."
Die zwei designierten Fernsehstars gingen nun nach Hause. Es war der 15. Dezember und sie hatten noch einen Monat Zeit, alles zu organisieren.

Der kommende Tag begann wie ziemlich alle Tage der letzten Wochen. Sie schliefen aus und frühstückten dann gemeinsam.
Nur irgendwas war heute anders. Die Spannung, ob ihr Plan funktionieren würde, schien die Luft zum Frieren zu bringen.
Adi konnte es kaum erwarten endlich wieder vor hunderttausenden zu sprechen und seine Botschaft zu verkünden. Beni freute sich auf eine unbeschwerte Zeit, die vom TV-Sender bezahlt würde.
Sie spannen sich den ganzen Tag Pläne zusammen, was sie mit all dem Geld tun wollten, wie sie ihre Macht zurückerobern könnten, so dass Adi beinah seinen Dienst vergessen hätte.

Der Dienst, der die Wende in sein Leben bringen musste. Der Dienst, der die Grundlage für den Erfolg ihres Plans war.

Wie ein Staatsmann bei Amtsantritt schlüpfte er in die Uniform des Wachdienstes, stolz das Emblem der Firma „Giacomo Securities" tragend. Zum Abschied grüßten sie sich militärisch wie Soldaten sich grüßten und Adi zog los diese ersten ach so wichtigen Sch ritt zu tun.

„Bouna Sera, Adi", begrüßte Massimo ihn am Parkplatz der Sicherheitsfirma.
„Ciao Massimo", sagte Adi. Ohne weitere Worte stiegen sie ein und fuhren los. Massimo, der es gewohnt war, sich die ganze Zeit zu unterhalten, traf heute auf einen eher schweigsamen Kollegen.
„Adi, que c'è? Warum sagst du nichts? Hast du einen schlechten Tag gehabt?"
„Nein es ist alles in Ordnung", entgegnete ihm Adi mit zittriger Stimme. Er war so aufgeregt und hatte gleichzeitig Angst beim Durchsuchen der Sachen erwischt zu werden.

Als sie am ersten Hotel ankamen sagte Massimo: „Ich gehe schnell, warte du." Das ging dann schon mal in die Hose. Es wäre zu auffällig gewesen Massimo aufzuhalten.
Nach zehn Minuten kam er zurück und sie fuhren zum nächsten Hotel.
„Adi, du bist dran, ich rauche derweil eine Zigarette."
Ein tiefer Atemstoß der Erlösung durchdrang seinen Körper als er den Dienstwagen verließ. Im Hotel lief

er sofort zur Rezeption und begann die Order zu durchsuchen.

Und in der Tat. Da war eine Kopie. Andreas Huber aus München, 57 Jahre alt.

„Perfekt", murmelte Adi und steckte die Kopie ein.

Bevor er das Hotel wieder verließ, stempelte er noch seine Karte und ging dann wieder zu Massimo, der am Auto stand und seine Zigarette rauchte. Adi stieg wieder ein und Massimo setzte sich zu ihm.

Gemeinsam fuhren sie zum nächsten Objekt und Adi pfiff dabei "Freude schöner Götterfunken".

„Adi, hörst du bitte auf, ich bekomme Schmerzen in den Ohren." Adi registrierte Massimo gar nicht, so freute er sich über den Erfolg.

Egal was Massimo auch machte, er konnte Adi von seiner guten Laune nicht mehr abbringen. Als ihr Dienst zu Ende war, legte sich Adi gleich hin und schlief beruhigt bis zum nächsten Morgen.

Als er von Beni gegen 10.00 Uhr geweckt wurde, verkündete er gleich die frohe Botschaft. Kurz drauf gingen sie zu Gian-Luca ins Café in der Hoffnung Roberto dort zu treffen.

Der war leider nicht da, also versuchten sie es am Strand, wo Roberto manchmal angelte. Dort trafen sie ihn. Beni erklärte ihm was sie wollten, doch Roberto gab ihnen keine Antwort.

Er war immer noch sauer wegen Adis Ohrfeige. Erst als dieser sich mehrfach entschuldigte ließ sich Roberto überreden, ihnen zu helfen.

Sie wollten sich mittags in der Pizzeria treffen, um zu sehen was man aus der Kopie noch machen könnte.

Um 13.30 Uhr saßen alle drei am Tisch in der Pizzeria und Roberto schaute sich die Kopie an.

Dann stand er auf und rief Chiara an. „Chiara, komm bitte in die Pizzeria und bring Computer und Drucker mit." „Si Papa, certo", antwortete Chiara ihm. Eine halbe Stunde später war Chiara da und baute ihr Equipment auf.

„Versuch mal ein paar Schriftarten auszudrucken, damit wir sehen welche zum Ausweis passt", bat Roberto seine Tochter, die sich gleich an die Arbeit machte. Eine Stunde später war die richtige Schriftart gefunden und Roberto überklebte den Namen auf der Kopie des Ausweises mit Adalbert Reltih.

Dann schickte er Chiara in den Copyshop im zehn Kilometer entfernten Ravenna um eine Kopie anzufertigen. Nach einer Stunde kam sie zurück.

Nun begann Roberto die Kopie mit Espresso zu bearbeiten. Danach trocknete er das Papier kurz im vorgeheizten Pizzaofen. Und siehe da, was übrig blieb war ein Dokument ohne Bild mit Adis Namen, welches hoffentlich helfen würde einen neuen Ausweis zu beantragen.

Am nächsten Tag fuhren Adi und Beni zur deutschen Botschaft und brachten Adis Problem vor.

„Ich bin ausgeraubt worden und brauche unbedingt einen neuen Ausweis."

Der Mitarbeiter sagte: „Wir sind innerhalb der Schengengrenzen, Sie können jederzeit nach Hause fahren und dort einen neuen Ausweis beantragen. Wir machen so etwas nur in Ausnahmefällen."

Adi wollte sich schon enttäuscht umdrehen, da kam Beni die zündende Idee:

„Das ist ein Notfall, ohne einen Ausweis kann Herr Reltih nicht an seinen Banksafe in Italien, in dem er wichtige Unterlagen für seinen Bootsverkauf hinterlegt hat."

Adi nickte zustimmend.

„Haben Sie irgendein Dokument, mit dem Sie ihre Identität nachweisen können?" fragte der Beamte.

„Hier bitte eine Kopie meines Personalausweises, etwas verdreckt, aber man kann alles noch gut lesen."

Der freundliche Herr im schwarzen Anzug schaute sich das Papier genau an.

„Es tut mir leid, aber damit kann ich nichts anfangen. Ich muss eine Wohnsitzanfrage stellen, dann kann ich Ihnen weiterhelfen."

Beni schnappte dem Botschaftsangestellten den Zettel wieder weg und grunzte nur: „Dann halt nicht."

Enttäuscht und traurig fuhren sie zurück ins Dorf und erzählten Roberto was passiert war.

„Kommt", sagte er, „Wir gehen zu Gian-Luca, der kennt einen, der einen kennt." In 3-er-Formation, die Köpfe tief in ihre Krägen gezogen, liefen sie zu Gian-Luca ins Café.

Als ob sie noch nie dagewesen wären, standen Sie rücklings am Tresen und versuchten auf sich aufmerksam zu machen.

„Spinnt ihr? Was soll das?", fragte Gian-Luca. „Was spielt ihr hier die Mafiosi?"

Roberto zwinkerte ihm zu und Beni versuchte ihn mit Grimassen zu den Toiletten zu locken.

„Also was ist los Roberto, was soll diese Geheimniskrämerei?" Roberto flüsterte:

„Du kennst doch den Don, Don Pasquale?" „Jetzt hör auf zu flüstern, es ist niemand da außer euch und ja, ich kenne Don Pasquale."

„Kannst du uns bei ihm vorstellen?"

„Ich kann es versuchen, was wollt ihr von ihm?" Sie hüllten sich in Schweigen. Trotzdem rief Gian-Luca bei Don Pasquale an.

„Don Pasquale, hier ist Gian-Luca. Freunde von mir haben ein Problem und brauchen ihre Hilfe."

„Gian-Luca, amico, lange nichts von dir gehört, ich helfe immer einem Freund. Mein Wagen kommt in 30 Minuten bei dir vorbei."

„Ok, amici, Don Pasquales Wagen kommt hierher und holt Euch ab."

„Hast du ihn schon mal gesehen Gian-Luca?", fragte Roberto.

„Nein, niemand kennt ihn."

Kurz drauf hupte es vor der Tür und dort stand eine schwarze Limousine. Ein dunkel gekleideter Mann stieg aus und öffnete ihnen die Tür.

Als Roberto einsteigen wollte hielt man ihm eine schwarze Haube vor die Nase und machte ihm unmissverständlich klar, er müsse diese überziehen, da niemand sehen dürfte, wo es hinginge. Ebenso galt dies für Adi und Beni.

Als sie im Wagen saßen, fuhren sie ungefähr eine halbe Stunde bevor ihnen die Türe erneut geöffnet wurde. Sie durften die Kapuzen nun abnehmen und der elegant gekleidete Mann führte sie in eine stattliche Villa, irgendwo in den Weinbergen der Emilia Romagna.

„Aspeta qui", sagte der Mann im Anzug zu ihnen und sie blieben stehen.

Dann öffnete sich eine Tür zu einem großen, prunkvollen Raum mit einem riesigen Mahagonischreibtisch. In einer der Ecken stand ein Mahagoni-Ei, wie das, welches Adi und Beni bereits kannten.

Sie waren erstaunt.

Am Fenster stand ein Mann mit dem Rücken zu ihnen.

„Ich kenne dich, Benito, Du hast uns solche Schwierigkeiten bereitet und nun brauchst du meine Hilfe? Schämst du dich nicht?"

Während des Faschismus verloren sich die Mafiosi in der Bedeutungslosigkeit, da Beni mit aller Macht und sehr erfolgreich gegen sie vorgegangen war.

„Don Pasquale, das ist doch so lange her und Sie sind unser letzter Ausweg."

Der Mann drehte sich um und Beni fiel vor Schreck das Herz in die Hose.

„Und deinen Faschistenfreund aus Deutschland schleppst du auch noch an."

„Al Capone, das ist ja unglaublich, Leute das ist Al Capone!" „So mir reicht es jetzt", sagte Roberto.

„Ihr wollt mich doch alle verarschen oder?"

Al griff in seine Anzugtasche und zog eine 38er heraus.

„So, nun wollen wir mal in Ruhe besprechen, was ihr von mir wollt." In staatsmännischer Manier erklärten Adi und Beni was sie vorhatten und das Ihnen ein Ausweis fehlt für das Casting und dass er ihre einzige Hoffnung sei.

Al Capone verschränkte die Arme hinter seinem Rücken und lief auf und ab. Zwischendurch öffnete er die Trommel seiner 38 und schloss sie wieder.

Dann sagte er: „Ich habe mich schon lange zur Ruhe gesetzt, aber Euer Plan ist derart dumm, dass ich ihn gut finde. In drei Tagen findet ihr bei Gian-Luca auf der Toilette einen Ausweis. Mein freundlicher Gefolgsmann hier wird noch ein Foto machen und die Daten aufschreiben. Ihr schuldet mir etwas, klar?!"

„Ja, Don Pasquale oder besser Al Capone", sagte Beni.

„Raus jetzt, bevor ich es mir anders überlege", fauchte Al. Nachdem das Foto gemacht wurde und Adi die Daten für den Ausweis abgegeben hatte, brachte sie die Limousine wieder zurück zu Gian-Lucas Café.

Es folgten drei Tage des Wartens und dann, am Morgen des 4. Tages, fand Gian-Luca einen wunderbaren deutschen Personalausweis an der Innenseite der Klospülung, lautend auf den Namen Adalbert Reltih mit Wohnsitz Berlin.

Als Adi und Beni zum Frühstück kamen, gab er ihnen das Ausweispapier sofort und den beiden fiel ein Stein vom Herzen, den man direkt hören konnte.

Jetzt stand dem Plan nichts mehr im Weg, außer der Frage, wie sie nach Deutschland kämen.

Diesmal kam ihnen Gian-Luca sogar entgegen: „Wenn ihr wollt, könnt ihr mit meinem Piaggio fahren", dabei lachte er.

„Sehr witzig", sagte Beni, "Damit kommen wir noch nicht einmal bis Bologna. Mir fällt schon noch etwas anderes ein, warte mal."

„Gian-Luca gibt es noch den alten Bauernhof von Nebio Casarelli?"

„Du meinst den hinter Cesena?" „Ja genau den meine ich."

„Da lebt schon seit 40 Jahren keiner mehr, aber das letzte Mal, als ich in Cesena war, stand er noch." „Wir nehmen deinen Piaggio ok? Komm Adi." Noch bevor Gian-Luca etwas sagen konnte, waren sie weg.

Mit dem Piaggio machten sie sich auf den Weg nach Cesena. „Beni, was willst du auf dem Bauernhof?"

„Lass dich überraschen, Adi, ich hatte im Krieg nicht nur Feinde."

Zwei Stunden später hatten sie den Bauernhof gefunden.

Beni fing sofort an Bretter vom Scheunentor abzureißen. „Komm Adi, hilf mir!"

Gemeinsam konnten sie schnell den Weg in die Scheune freimachen.

„Siehst du, Beni, da ist nichts, rein gar nichts. Was willst du hier?"

„Komm hilf mir." Im hinteren Ende der Scheune waren Strohballen gestapelt. Beni versuchte einen nach dem anderen aus dem Weg zu räumen.

Adi half ihm dabei, bis sie plötzlich vor einer riesigen Kiste standen.

„So jetzt noch die Kiste."

Nach und nach rissen sie die morschen Bretter weg. Darunter kam nun eine Wachsfolie zum Vorschein. Mit einem kräftigen Schwung riss Beni diese herunter... e voilá: Adi staunte nicht schlecht. Ein Original Lancia Astura stand da vor ihnen.

„Den hab ich mir kurz vor meinem Ende verstecken und konservieren lassen. Der Mechaniker hat gehalten, was er versprochen hat. Adi, du bleibst hier und ich fahre zur nächsten Servizio Statione und lass einen Abschleppwagen kommen.

Geschlagene zwei Stunden wartete Adi auf seinen Freund. Zumindest bequem saß er in der italienischen Oldtimerdiva. „Kein Mercedes", murmelte er nur, da kam Beni mit einem Abschleppwagen zurück. Der Mechaniker staunte:

„Que bella machina", sagte er nur und streichelte das Auto. „Fahren Sie uns den Wagen nach Il Paradiso bitte. Um den Rest kümmern wir uns dann."

Der Tross setzte sich in Bewegung und zwei Stunden später wurde der Astura vor Gian-Lucas Café abgeladen.

Die Gäste aus dem Café stürmten auf die Straße und bewunderten den Wagen. Beni gab dem Mechaniker 200€ und schickte ihn wieder weg. Sämtliches Bitten des hilfsbereiten Herrn, sich um den Wagen kümmern zu dürfen, negierte Beni.

„Gian-Luca, ruf Roberto an. Er soll einen Mechaniker seines Vertrauens mitbringen."

Kurz drauf traf Roberto mit einem finster dreinschauenden Wesen mit ölverschmierter Kleidung ein. Dem designierten Mechaniker liefen sofort die Tränen über das Gesicht, als er den Wagen sah.

„Zio, das ist Guiseppe, du kannst ihm vertrauen."

„Guiseppe, mach bitte einen Ölwechsel, bau eine neue Batterie ein, überprüf die Dichtungen und lass das Öl aus dem Tank. Dann tanke voll und dann sag mir Bescheid. Wie lange wird das dauern?"

„Segniore, ich werde die ganze Nacht daran arbeiten und morgen früh können Sie einen Startversuch machen. Dass ich so etwas noch erleben darf, grazie Dio, grazie!"

Guiseppe lud den Lancia auf seinen Abschleppwagen und verschwand.
Am nächsten Morgen klingelte um 9.00 Uhr das Telefon in Gian-Lucas Café. „Ciao Gian-Luca, der Astura ist fertig, sag bitte dem Segniore Bescheid."
Gian-Luca lief schnell hinüber zum Apartmenthaus und läutete Sturm. Nach fünf Minuten waren Adi und Beni schon unten.
„Guiseppe hat angerufen, der Astura ist fertig."
Schnell stiegen alle in Gian-Lucas Piaggio bzw. Gian-Luca musste hinten aufsteigen:
„Porca Miseria, mein eigenes Auto und ich muss auf der Pritsche mitfahren!"
Wie vom Teufel geritten, trieb Beni das Dreirad wohin Gian-Luca ihn von der Pritsche aus leitete.
Kurz darauf waren sie bei Guiseppe angekommen. Der stand vor dem Lancia und hatte ein zufriedenes Grinsen im Gesicht.
„Segniore, steigen Sie ein, probieren Sie." Beni setzte sich ans Steuer, schaute kurz zu seinem Herrgott hinauf und zog den Startknopf.
Erst passierte nichts, dann gab es einen lauten Knall und eine blaue Rauchwolke stieg hinter dem Astura auf und dann, dann sprang er an.
Mit einem Freudenschrei fielen sich alle in die Arme und Beni sagte:
„Siehst du, Adi, jetzt haben wir ein Auto. Komm, steig ein."

Adi stieg zu Beni in den Astura und sie fuhren zu Gian-Luca hinüber. Der folgte ihnen in seinem Piaggio. Am Café warteten bereits alle, die das Spektakel mitbekommen hatten. Auch Roberto war dabei.

„Zio, willst du mit diesem Auto über die Alpen nach Deutschland fahren?"

„Was ist schlecht an dem Auto, es fährt noch und es gehört mir."

„Zio das Auto ist ca. 200.000€ Wert und zu schade für das, was Ihr vorhabt."

„Roberto erzähl mir keinen Mist, so ein altes Auto." Sie bestellen Prosecco und stießen auf das Auto an, als das Telefon klingelte.

„Pronto", sagte Gian-Luca als er den Hörer abnahm. „Si Don Pasquale, si der ist hier, un Momento. Beni, Don Pasquale per te." Beni übernahm den Hörer.

„Si, Don Pasquale. Si Quanto? Due cento mille Euro, va bene? Vero? Grazie si, si, si, Don Pasquale."

„Was ist Beni, warum schaust au so?", fragte Adi. „Ich habe den Lancia gerade für 200.000€ an Don Pasquale verkauft. Adi, jetzt haben wir genug Startkapital, jetzt kann unsere Reise ins Glück endlich beginnen.

Adi wollte ab sofort nicht mehr zur Hotelwache gehen und Roberto schlug vor, sie sollten sich ein vernünftiges Auto kaufen. „Aber nur einen Lancia", sagte Beni. Und Weihnachten feiern wir alle in der Pizzeria, Roberto ich bezahle alles, lad unsere Freunde ein. Adi sag bitte Nadja und Roberta Bescheid. La Famiglia lebt!"

Kurz darauf kamen allerhand Menschen vorbei und bettelten Beni um Geld an. Wie schnell es sich doch herumgesprochen hatte, wenn einer zufällig zu Geld gekommen war. Nach der gefühlten hundertsten Bettelei begann Beni die Leute zu beleidigen.

Das verschaffte ihm zumindest etwas Luft.

Roberto kam vorbei und wollte mit ihnen und Gian-Luca zum Lancia-Händler.

Dort hatte sich Beni schnell für einen Lancia Thesis entschieden. Dieses Fahrzeug der Oberklasse vermittelte genau das Niveau, welches er darstellen wollte und sollte zu allem Überfluss mit Allrad gut über die Alpen fahren.

Roberto erklärte ihnen zwar, dass es nun Autobahnen geben würde und man nicht mehr direkt über die Berge müsste, doch sie wollten auf Nummer sicher gehen.

Zufrieden fuhren Adi und Beni zurück ins Dorf. Beide genossen das komfortable Gefährt und zeigten tatsächlich etwas Stolz.

Einige Tage später stand Weihnachten vor der Tür und die Frauen hatten allerhand vorzubereiten. Es wuselte gerade vor Tatendrang und die Deko nahm immer mehr Gestalt an.

Sogar einen Weihnachtsbaum hatten sie organisiert. Der wurde nun von den weiblichen Familienmitgliedern geschmückt. Bei dem Wort ‚organisiert' musste Gian-Luca übrigens schmunzeln.

Roberto kümmerte sich einstweilen um die noch vorzubereitenden italienischen Leckerbissen. Alles sollte perfekt sein. Doch ein Gedanke quälte Beni leider. Wie mochte wohl Don Pasquale Weihnachten verbringen. Ob er vielleicht einsam wäre. Bevor ihn die

Gedanken zu Ende quälten, bat er Gian-Luca Don Pasquale anzurufen und ihn herzlich zum Weihnachtsfest einzuladen.

Kurz vor Einbruch der Dunkelheit gingen alle nochmal nach Hause, um sich für den Heiligen Abend umzuziehen. Um 20.00 Uhr trafen sich alle wieder und Beni erfüllte die Stimmung mit Stolz.
Der Baum glitzerte im Kerzenlicht und es roch nach Zimt. Nadja, Roberta, Chiara, Gian-Luca, Roberto, Gianna und Massimo waren da. Und kurz drauf kam sogar Don Pasquale zur Tür herein. Nur einer fehlte. Adi war nirgendwo zu finden.
„Hat jemand von euch Adi gesehen?", fragte Beni in die Runde. „Der war bis eben noch da und ist dann verschwunden", antwortete Nadja.
Beni ging hinaus und begann nach ihm zu suchen. Es dauerte nicht lange da sah er ihn am Strand.
Adi stand einfach nur da und blickte aufs Meer hinaus.
„Adi, was hast du?", fragte ihn Beni.
„Weißt du, Beni, du hast hier Familie und Freunde, doch was habe ich?"
„Du gehörst doch auch zur Familie, alter Freund, wir haben doch eine tolle Zeit, lass den Kopf nicht hängen."
„Meinst du wirklich, ich gehöre dazu?"
„Ja natürlich, certo und jetzt komm, lass uns feiern."
Sie gingen zurück zur Pizzeria, wo die anderen bereits auf sie warteten.

Als jeder sein Glas in der Hand hatte, brachte Beni einen Trinkspruch aus. „Amici, ich danke euch für

euer Kommen und die Gelegenheit einen Weihnachts-
abend im Kreis der Familie zu verbringen.

Ich erhebe mein Glas auf euch und auf unser Italien,
möge es ewig leben." „Möge es ewig leben!", stimmten alle im Chor mit ein.

Sie stießen an und unterhielten sich über dies und das.
Nach einiger Zeit bat Roberto die Gäste sich zu setzen, damit er das Essen servieren konnte. Chiara half
ihm dabei.

Zuerst gab es Vitello Tonnato. Adi stocherte etwas in
den Kapern rum. „Adi, mangi, schmeckt gut." „Was
ist das Beni?" Das ist dünnes Kalbfleisch mit einer
Thunfischsauce."

„Das passt doch nicht zusammen, das ist doch wie ein
Kaiserschmarrn mit Ketchup", raunzte Adi.

Nachdem alle anderen das Essen scheinbar genossen,
traute er sich kurz darauf doch ein kleines Stück zu
probieren. Bereits beim ersten Bissen konnte man
sehen in welcher Windeseile sich seine Meinung über
das Essen änderte und genauso schnell war nichts
mehr auf dem Teller.

„Ah, Adi bene, hat doch geschmeckt, sehr gut", bemerkte Beni. Als zweiten Gang servierte Roberto die
altbekannten Spaghetti Vongole, die alle mit Wonne
und unter Anwendung einer tollen Geräuschkulisse
(„Schlürf!") verzehrten.

Nun kam die Fischplatte und jede Menge Wein, Wein,
Wein und nochmal Wein. Als sie gegen Mitternacht
die Tris di Dolce vernichtet hatten, konnten Adi und
Beni kaum noch aus den Augen schauen.

Der viele Wein und das viele Essen hatte sie müde
gemacht. Während die anderen noch feierten, be-

schlossen die zwei nach Hause zu gehen. Die Feiertage wurden von vielem Essen, Trinken und gemütlichem Beisammensein begleitet.

Sie fanden einen vortrefflichen Abschluss mit dem Feuerwerk des Sylvester-Abends.
Und dann war es auch so weit.

Kapitel VI – Die Reise

Am 14. Januar beluden Adi und Beni das Auto, um sich auf den Weg nach München zu machen. Es sollte Adis großer Auftritt werden. Doch bis dorthin galt es noch 750Km, die Alpen und die Unsicherheit, ob Beni soweit fahren konnte, zu meistern.

Beni, der die Gepflogenheiten auf den modernen Autobahnen noch nicht kannte, fühlte sich selbst nicht wohl bei dem Gedanken daran.

Er hatte Adi aber versprochen zu fahren. Also packten sie alles ein, was sie zu brauchen schienen und schauten noch schnell bei Gian-Luca auf ein Brioche und einen Cappucino vorbei. Beni wusste jetzt schon, er würde es vermissen und Adi freute sich auf das bayerische Bier, die Knödel, den Schweinebraten und auf München, seine 2. Heimat.
Nach dem Frühstück trauten sie ihren Augen kaum. Auf der Straße standen alle Freunde und winkten mit italienischen Fahnen.

Als ob sie ausziehen wollten, um die Welt zu erobern. Reihum wurden sie von allen umarmt, ja sogar Roberta nahm Beni in den Arm.
Dem schien es gar nicht mehr so unangenehm. Als Beni wieder einstieg, begann Adi eine Rede zu halten:

„Liebe Mitbürger und Mitbürgerinnen von Il Paradiso. Für die Gastfreundschaft, die mir hier im Exil entgegen gebracht wurde möchte ich mich aufs Kameradschaftlichste bedanken. Nun ist es jedoch Zeit hinaus zu ziehen und der Welt zu zeigen, wer das größte Volk ist.

Wir werden alle mit dem Gedanken von Il Paradiso überfluten und eine Demagogie schaffen, die sich frei an den Gedanken von Beni und mir orientieren. Wir wollen die Partei des neuen Europas werden, die BAPP wird uns führen."

Während Adi immer weiter philosophierte, wendeten sich die anderen kopfschüttelnd von ihm ab.

„Adi jetzt hör auf, lass uns fahren, komm!", unterbrach ihn Beni.

„Wo gehen die alle hin, wo ist die tobende Menge, die von mir begeistert ist? Was ist los?"

„Naja Adi, das warst vielleicht nie du, die die alle begeistert hat sondern deine Propagandamaschine. Du hast den Menschen damals gesagt, was sie hören wollten, aber das wollen sie heute nicht mehr hören und jetzt lass und los fahren!"

Adi stieg beleidigt ein. Beni startete den Motor und sie fuhren los. Zuerst mussten sie Richtung Cesena, um auf die Autobahn zu kommen, dann weiter Richtung Bologna, Verona, über den Brenner und Richtung München, wo sie eine erholsame Nacht verbringen wollten, bevor es morgen zum Sender gehen sollte.

Adi hatte keinen blassen Schimmer, was ihn erwartete, er wollte nur unbedingt die Massen vor den Empfangsgeräten begeistern.

Je näher sie den Alpen kamen, desto kälter wurde es. Kurz hinter Verona schlug Beni vor, eine Pause zu machen und sie verließen die Autobahn.

„Schau Adi, der Gardasee, wunderschön oder?" „Ja die Berge außen rum und der See, der durch seine

Dunkelheit so eine Ruhe vermittelt." Sie gingen beide in die Tankstelle und versorgten sich mit Getränken.

Derweil ließ Beni den Lancia volltanken. Es wäre eigentlich nicht notwendig gewesen, aber er konnte dem niedrigen Verbrauch nicht trauen.

Kurz drauf ging es weiter. Ein Stück die Gardesana entlang und in Lazise wieder Richtung Autobahn.

Als sie an Bozen vorbeikamen, schauten sie sich kurz nachdenklich an und dann sagte Beni:

„Wenigstens wir waren uns einig wegen Südtirol, nur die Aggressoren wussten nicht damit umzugehen, aber du hast dann geholfen und das war gut.

Ich glaube, du kannst heute noch Anhänger finden."

„Südtirol gehört zu Österreich, das ist ja wohl klar. Die hatten einen Hofer und wir hatten auch einen Hofer, so einfach ist das", erklärte Adi.

Noch 300 Kilometer bis München. Sie kamen ihrem Ziel immer näher. Kurz vor München fragte Beni, wo sie übernachten wollten.

„Natürlich im bayerischen Hof, der gehört meiner Partei."

„Glaubst du, Adi, das das immer noch so ist?"

„Meine Partei des ewigen Lebens der braven Deutschen wird für immer existieren. Meine Lehren werden alles überstehen und die Menschheit viele tausend Jahre beschäftigen, da lass ich mich doch nicht von so einem Hotel aufhalten!"

„Si bene, aber jetzt sag mir, wie ich dahinkomme."

„Äh, frag den Planungsoffizier."

„Adi, wir haben keinen Planungsoffizier", schrie Beni und fuhr auf den nächsten Parkplatz.

„Ich probier es mal mit diesem Ding hier, momento hmmmmmm Navigazione, Inderizzio ok."

„Wie ist die Adresse von dem bayerischen Hof?"
„Promenadeplatz." „Und START."

Beni hatte das Navigationssystem programmiert und es schien richtig zu funktionieren.

„Beni, kann man das auch auf Deutsch umstellen?", fragte Adi.

„Warte, ah certo qui und die Stimme kann man auch aussuchen."

„Welche Stimmen gibt es denn?"

Beni lachte: „Schau hier, die haben deine Stimme!" Sie mussten herzlich lachen und stellten das Navi auf die Stimme Adis um.

„Der imitiert mich nicht schlecht. Respekt!", merkte Adi an.

Das Navi tönte: „An der nächsten Kreuzung rechtsrum" mit zwei rollenden Rs. Sie mussten erneut lachen.

Gegen 17.30 Uhr kamen sie am bayerischen Hof an und fuhren vor. Gleich kam ein Page, der die Türen öffnete und ihnen beim Aussteigen half.

Er holte das Gepäck aus dem Kofferraum und packte es auf einen goldenen Gepäckwagen. Als er Beni den Schlüssel wegnehmen wollte, hielt der ihn fest.

„Momento, das ist mein Auto und das bleibt hier."

„Ich parke den Wagen nur für Sie, hier ist die Nummer. Geben Sie die am Empfang ab."

Etwas ungläubig dreinschauend gab er dem Pagen den Schlüssel und sie gingen auf direktem Weg zur Rezeption. Dort fragte Adi nach einem Zimmer:

„Grüß Gott, mein Name ist Adalbert Reltih und ich brauche ein Zimmer für meinen Freund und mich."

„Haben Sie reserviert?", fragte der freundliche Hotelmitarbeiter. „Räserwiaaaaaad?", schrie Adi. „Kennen Sie mich nicht?

Stehen sie auf und grüßen Sie gefälligst, achso sie stehen eh schon, dann grüßen sie mich und dann die Präsidentensuite mit dem Adler an der Decke! Aber zack zack!"

Etwas schockiert schaute der Mann am Tresen drein, als Beni dazwischen ging und Adi auf die Seite schob.

„Scusi, meine Amico meint es nicht so."

Während Beni nun weiter verhandelte, stolzierte Adi mit festen Hacken durch die Hotelhalle:

„Hier wird der Olymp erwachen und das deutsche Volk seinen neuen Ursprung finden!"

„Sagen Sie mal, kenne ich den Herrn irgendwo her, er kommt mir so bekannt vor", sagte der Concierge.

Beni kramte in seinem Kopf nach einer Ausrede:

„Er spielt diesen Hitler im Theater, da übt er für seine Rolle."

„Aha. Und Sie sind dann wohl Mussolini, was?" Einen Moment war es toten still, dann brachen beide in Gelächter aus.

„Also die Präsidentensuite ist nicht mehr frei und der Adler, den kenne ich gar nicht. Aber egal, ich gebe Ihnen ein Doppelzimmer mit zwei getrennten Betten, ok?"

Während Beni das Zimmer klar machte, befragte Adi die Hotelgäste der Lobby zu Ihrer Meinung zur aktuellen Lage.

„Gnädige Frau, wie beurteilen Sie die aktuelle Lage in Europa?"

„Mein Herr, sind Sie mit Europa zufrieden?"

„Junger Mann, hat die Jugend noch genug Disziplin?"
Keiner wollte ihm zuhören. Da bog ein Scheich um
die Ecke und Adi ging auf ihn zu.

„Die Faschingszeit ist eine schöne Zeit nicht wahr?"
Als Scheich verkleidet, sehr schönes Kostüm.

„Wie beurteilen Sie die Lage in Europa?" „Europa
schwach, braucht immer Geld und Öl von Scheich."
Adi packte ihn am Arm und tönte in der Hotelhalle:
„Sehen Sie, dieser Mann sagt Europa ist schwach, wir
brauchen ein neues Europa und dafür stehe ich, für Sie
und für die Zukunft."

Er hatte gerade zu Ende parliert, da packten ihn zwei
muskelbepackte Männer und drückten ihn zu Boden.

„Beni, ruf meine Leibstandarte, die Kommunisten
sind hier!"

Die Concierge sah die Situation und eilte zur Hilfe.
„Let him go, he is only an actor!" Die Leibwächter
des Scheichs ließen Adi los und er berappelte sich
langsam wieder.

Beni half ihm auf. „Mein Herr üben Sie doch bitte auf
ihrem Zimmer, sie belästigen die Gäste, merken Sie
das nicht?"

Adi schaute ihn fassungslos an. Kurz drauf bekam
Beni die Zimmerschlüssel und sie fuhren hinauf in die
4. Etage.

Beni schaltete als erstes den Fernseher ein und Adi
begann seine Koffer auszupacken. Feinsäuberlich
legte er Stück für Stück in den Schrank. „Adi, wollen
wir nicht in ein Wirtshaus gehen?"fragte Beni. „Ja,
das machen wir, wir gehen ins Hofbräuhaus, da kenne
ich mich aus." Nachdem Sie sich kurz frisch gemacht
hatten, zogen sie los in Richtung Hofbräuhaus.

Zu Fuß machten sie sich auf den Weg zum Marienplatz. Bei Adi kamen Erinnerungen auf, wie er hier erfolgreich war.

Die Bilder in seinem Kopf hatten ein München voller Sonne, Lederhosen und Dirndl zum Inhalt. Doch was war da nun zu sehen, Asiaten und andere Ausländer in Freizeitkleidung.

Naja, die Zeiten ändern sich eben dachte er sich. Kurz drauf erreichten Sie das Hofbräuhaus und bestellten eine Maß und einen Schweinebraten. Sie genossen das Essen und die Atmosphäre.

Es gab dann noch eine Maß und noch eine Maß und noch eine Maß. Beni war irgendwann im Stil der Italiener am Tisch eingeschlafen und Adi versuchte verzweifelt auf den Tisch zu klettern.

Von den Erinnerungen getrieben stand er plötzlich mit seiner erhobenen Maß auf dem Tisch und schrie: „Auf Europa und die BAPP, die Europa ans Ziel bringen wird, Prost!" Dann versuchte er noch zu singen „Ein Prosit, ein Prosit ….:" Und dann, ja und dann gingen auch bei ihm die Lichter aus.

Mitten in der Nacht wachte er in einer Zelle der Polizei auf, neben ihm Beni, der immer noch schlief. Er hämmerte wie blöd an die Türe und verlangte rausgelassen zu werden. Ein Beamter schloss auf: „So, hammas, sans wieder nüchtern? Sie ham fei a Glück, dass mir eana ned ozoagt ham."

„Warum? Was soll ich schon verbrochen haben?"

„Nach dem Nazi-Richter Freisler hams verlangt und ich solle ihre Leibstandarte holen, sie seien der Führer. Wenn uns nicht irgendwelche Touristen gesagt hätten, dass sie nur ein Schauspieler sind, würden Sie jetzt beim Staatsanwalt sitzen." Adi drehte sich um und versuchte Beni zu wecken.

„Beni komm schon, wir müssen hier raus!"

Endlich rührte sich Beni wieder und sie wurden entlassen. Der Spaziergang von der Gabelsberger Straße zurück zum Hotel sollte ihnen gut tun.

Um vier Uhr früh lagen sie endlich im Bett und Adi grauste es jetzt schon, wenn er an das Casting um zehn denken musste.

Wie vom Blitz getroffen, riss es Adi um 8.30 aus dem Bett. Beni hatte das Fenster aufgerissen und eine Stereoanlage spielte den Tannhäuser. Die schweren Bläser hämmerten sich in Adis Schädel, wie schwere Schmiedehämmer.

„Amico, Buon Giorno, aufstehen, los", rief Beni ihm zu und dann begann er ein fröhliches italienisches Lied zu singen. Im Gegenteil zur italienischen Frohnatur, schaffte Adi es nur langsam aus dem Bett. Nach Dusche und Rasur, brachte der Zimmerservice auch schon das Frühstück. Adi pickte nur, während Beni sich den Bauch vollschlug.

„Wir müssen noch zusammen packen. Nach dem Casting geht es wieder nach Hause", sagte Adi. „Calma, calma, hab ich fast alles schon erledigt."

Um neun Uhr standen beide fertig angezogen mit gepackten Taschen an der Rezeption und Beni bezahlte das Zimmer.

Adi schaute sich noch einmal um und seine Gedanken galten ab nun dem Casting. Der Page trug ihre Taschen nach draußen und ein zweiter brachte den Wagen.

Beni startete den Motor und gab die Adresse von BOCK-TV im Navigationssystem ein. Mit der Anweisung des Navis „in 200 Metern biegen Sie rechts ab" fuhren sie los.

Um 9.45 Uhr erreichten sie den Fernsehsender. An der Pforte baten sie um Einlass. Der Pförtner lachte. „Do schauns, wenn de olle do parkn dadadn, dann waradn mir a Parkhaus.

Suachans eana an Blotz drausd und dann kemmans zruck." Adis Gesicht lief rot an.

„Was erlauben sie sich. Öffnen Sie sofort die Schranke, hier ist mein Passierschein."

Der Pförtner lachte.

„Spuins ma nix vor. Hebms des fia de do drinnad auf." Kurz bevor Adi dem Pförtner auf die Pelle rücken wollte, setzte Beni den Wagen zurück.

„Hast du gesehen, wie viele Leute da sind, Adi?"

„Ich dachte, das ist eine exklusive Veranstaltung."

Beni suchte einen Parkplatz und sie machten sich zu Fuß auf den Weg zurück zum Pförtner. Dort legte Adi seinen Ausweis und das Schreiben des Senders vor. „Gengans durch, sie seng jo d'Leid scho.
Sie wern dann aufgruafa."

Nach zwei Stunden erreichten sie dann den Innenraum des Studios und man konnte hören, wie sich die Leute vorstellten und ein etwas cholerischer Mann mit norddeutschem Dialekt kritisierte ihre Ideen. „Was ist das für eine Scheiss-Idee? Klimaanlagen in Grönland wegen der Klimaveränderung. Stecken Sie Ihren Kopf in einen Eimer und gehen Sie über den Marienplatz, dann macht das ähnlich viel Sinn, raus hier!"

Der nächste Kandidat betrat die Bühne. Er konnte noch nicht einmal erzählen wie er auswandern wollte, da begann der Juror erneut. „Was unterscheidet Sie von einer Kröte? Nichts, die sieht genauso Scheiße aus, nur kann sie auswandern wenn sie will und du nicht, raus hier!"

Ein hübsches junges Mädchen war als nächstes dran.

„Sooo, mein Dirn, wohin willst Du denn?

„Ich bin Paulina, 23 Jahre alt und arbeite in einer Tabledance-Bar. Ich möchte gerne nach Bulgarien auswandern und dort eine Tabledance-Bar eröffnen."

Didi, so hieß der Juror musste lachen.

„Und du meinst, wenn die Bulgaren ihre Weiber alle zu uns in die Bordelle karren, dann gehst du nach Bulgarien, weil es da keine mehr gibt, oder?"

Der Typ stand auf und schloss die Tür zum Studio. Kurz drauf hörten Adi und Beni ein kreischen: „Lassen Sie mich los, ich will das nicht. Nein, ich ziehe mich nicht aus."

Die zwei beschlossen sofort einzuschreiten und öffneten die Türe zum Studio wieder. Dort sahen sie, wie Didi an der jungen Dame hing und versuchte ihr die Kleidung vom Leib zu reißen.

„Sofort aufhören, lassen Sie von der Frau ab", schrie Adi. Dann ging er auf die zwei zu und nahm Didi in den Polizeigriff. Beni kümmerte sich um das erschrockene Mädchen."

„Aua, lassen sie mich los das tut weh, wer sind Sie überhaupt?", fragte Didi.

„Ich bin Ihr Führer, merken Sie sich das!", rutschte Adi raus. „Ich nehme hier am Casting teil."

„Jetzt lassen Sie mich doch los. Ihre Stimme, die kenn ich irgendwo her, das gefällt mir.

Wenn Sie schon da sind, dann legen Sie mal los.", sagte er cool, so dass Adi den Polizeigriff löste.

„Mein Name ist Adalbert Reltih, ich bin gelernter Politiker und Kriegsstratege. Ich möchte nach Italien auswandern und mit meinem Freund Beni eine Militariahandlung eröffnen."

„Wir haben sehr viel Erfahrung mit Waffen und militärischen Gegenständen und in Deutschland habe ich keine Zukunft mehr."

„Phänomenal, diese Stimme. Seit wann können Sie diese Imitation so gut?"

„Jetzt benehmen Sie sich mal, das ist keine Imitation", entrüstete sich Adi.

„Sehr gut, sehr gut, phänomenal! Sie sind dabei, wir melden uns bei Ihnen. Der Nächste bitte."

Adi und Beni waren erstmal geschockt. Adi blieb der Mund offen stehen und Beni hatte das Mädchen im Arm.

„Jetzt raus hier!", schrie Didi sie nochmal an. Zu dritt gingen sie hinaus und an der Studiotür gab ihnen ein Angestellter des Senders ein Schreiben mit der Zusage für die Sendung. Irgendwie wollte das Mädchen Beni nicht mehr loslassen. „Warum machst du kein Tabledance in Italien?", fragte er sie. „Ich dachte es ist eine gute Idee das in Bulgarien zu machen, weil die ja alle bei uns sind.", entgegnete das Mädchen. „Und was willst du jetzt tun?", fragte Adi. „Ich weiß nicht, ich hab hier nichts und niemanden mehr und ich will auch nicht zurück nach Zittau."

„Bella, veni con noi. Komm mit nach Italia und wir kümmern uns um dich und du hast Familie." „Das würdet ihr tun?" „Mein Freund hier ist Freund aller Frauen, auch denen die keine sind", sagte Adi und lachte. Er spielte damit auf Roberta an.

„Na gut, ich hol meine Tasche und dann hauen wir ab. Italien ich komme!"

„Adi, wie jung und schön sie ist, findest du nicht?"

„Ja, aber zu jung für dich, vergiss es. Und wo soll sie wohnen, hä? Wie stellst du dir das vor?" „Calma Adi, das bekommen wir schon hin."

Als das Mädchen zurückkam war sie bepackt mit zwei Reisetaschen und einem Rucksack.

„Bella, wie heißt du denn?" „Paulina." „Sehr schöner Name." Adi machte eine komische Bewegung mit seiner rechten Hand. Sie sollte das plappern einer Ente darstellen und Beni wohl verarschen.

Gemeinsam gingen sie zum Lancia und packten alles in den Kofferraum. Dann fuhren sie los, zurück in Richtung Süden.

„Heute Abend werden wir noch feiern, was meinst du Adi?" „Warum nicht, kannst ja deine neue Freundin mitbringen."

Wie ein verrückter stieg Beni in die Bremsen, riss seine Tür auf und ging um den Wagen herum. Dann öffnete er Adis Tür und zog ihn aus dem Wagen. „So Amico, lass das sein.

Wir wollen Spaß haben und deine Eifersucht braucht kein Mensch und wenn es dir nicht passt kannst du ja hier in Alemania bleiben und schauen wo du bleibst."

Adi schaute ihn verdutzt an und stieg wieder ein. Bis nach Paradiso sprachen sie kein Wort miteinander. Dafür plapperte Paulina ihr ganzes Leben runter. Als sie bei Gian-Luca vorfuhren, waren sie an ihrem 10. Geburtstag angekommen.

Sie stiegen aus und gingen in das kleine Café. Gian-Luca begrüßte sie auf das herzlichste: „Ciao Adi, Ciao Beni, warum habt ihr nicht gesagt, dass ihr heute kommt, ich hätte etwas vorbereitet. Und wer ist die junge Frau?"

„Das ist Paulina", sagte Beni. Gian-Luca küsste ihr die Hand. „Sie will eine Tabledance-Bar in Italien eröffnen", schob Adi hinter her. Beni warf ihm einen bösen Blick zu.

„Jetzt sagt schon, wie ist es euch ergangen?" „Sie haben mich genommen, werden sich melden, wenn es losgeht." „Das muss doch gefeiert werden, ich hole Prosecco."

Gian-Luca ging zum Kühlschrank und holte eine Flasche Prosecco, öffnete sie und füllte vier Gläser.

Dann nahm er das Telefon und rief den Rest der Familie herbei. Kurz drauf kamen auch Roberto, Massimo und Chiara.

Alle begrüßten sich und empfingen Paulina sehr freundlich. Schnell hatte auch Roberto ein Auge auf sie geworfen und Beni versuchte sich immer wieder dazwischen zu schleichen, doch Roberto hatte weit mehr Charme.

Dann begann Beni wie ein italienischer Volksmusiker zu singen. Ein Liebeslied, ein Volkslied und alle sangen mit. Gian-Luca holte seine Ziehharmonika und spielte dazu.

Beni schnappte sich Paulina und die verfiel ihm völlig bei all den romantischen italienischen Liedern.

Adis Stimmung erreichte den Nullpunkt und kurz hatte er den Gedanken das Fest zu schmeißen, als die Türe sich öffnete und Nadja hereinkam.

Adis Augen begannen sofort zu leuchten. Er brachte sich gleich in Pose, dass sie ihn sehen konnte und als sie ihn erblickte, kam sie auch sofort auf ihn zu.

„Adi, hi, wie geht es dir?"

„Nadja, Schönste, du hast mir gefehlt, schön dass du hier bist."

Adi griff hinter die Theke um die Flasche Prosecco zu erreichen und schenkte Nadja ein. „Prost", rief er und die ganze Runde prostete ihm zu. „Salute."

Nadja sah wie Beni und Paulina tanzten und schnappte sich Adi. Die zwei pensionierten Diktatoren waren glücklich. Adi sollte bei ‚Tschüß Deutschland' mitmachen, jeder hatte eine hübsche Frau im Arm und sie tanzten in ihr Glück.

Kapitel VIII – Der Laden

Viele Flaschen Prosecco später, genau genommen am nächsten Morgen, erwachte Beni mit einem Riesenschädel. „Porca Miseria!"

Er konnte seinen Augen kaum trauen. Sie lagen in Nadjas großem Doppelbett und zwar alle. Paulina und Nadja rechts und links von Adi.

Beni schaute unter die Decke und erschrak. Zu allem Überfluss waren sie auch noch nackt.

Er versuchte sich leise aus der Affäre zu schleichen, was kaum möglich war obgleich des Schreckens, den er bekam, als er aus dem Bett stieg.

Ein Kondom baumelte noch an seinem besten Stück. Nun überfielen ihn die schlimmsten Gedanken seines Lebens: Gruppensex mit dem Deutschen und vielleicht hatte er ihn ja auch…?

Er huschte ins Bad und duschte wie verrückt, da er glaubte vielleicht konnte man diese Schande abwaschen, als plötzlich Paulina vor ihm stand.

Sie stieg zu ihm und begann ihn einzuseifen, was seine Gedanken nun wieder zerstreuen konnte.

Mit viel Gefühl umarmten sie sich nun gegenseitig und verteilten dabei immer mehr Seife. „Paulina, haben wir heute Nacht alle durcheinander…?"

„Nein alles ok, keine Angst." Das beruhigte ihn und nun begann auch er Paulina intensiv zu verwöhnen.

Indes im Schlafzimmer: Adi öffnete die Augen und sah Nadja neben sich. Er dachte sich nichts Böses dabei, da er sich noch daran erinnern konnte, wie sie Gian-Luca verlassen hatten und in welchem Zustand sie waren.

Er kroch aus dem Bett und ging Richtung Bad, wo Beni und Paulina gerade heftig zu Gange waren. Als er die Türe öffnete fuhr es ihm durch Mark und Bein.

„Beni, schäme dich, du bist eines Staatsmannes nicht würdig!"

„Figlio da Putana, was willst du?" Völlig beschämt versteckten sich Beni und Paulina hinter dem Duschvorhang.

„Eine Notdurft verrichten bitte, wenn das möglich wäre?" Sie griffen nach einem Handtuch und schlichen sich dann an ihm vorbei zurück ins Schlafzimmer. Adi knallte die Tür zu und setzte sich auf die Toilette.

„Wo bin ich da nur hingeraten, diese Italiener, alles Schweine, haben mich verführt zu so etwas. Und diese Freizügigkeit, widerlich. Es muss wieder Zucht und Ordnung her", murmelte er in sich hinein wohl wissentlich, dass er gerne mitgemacht hatte.

Kurz drauf trafen sie sich alle wieder im Schlafzimmer. Mittlerweile war auch Nadja aufgewacht.

„Hey Paulina," fragte sie ihre Mitstreiterin,

„nicht schlecht die alten Säcke oder?" Dann lachte sie.

„Ich liebe die Italiener", antwortete Paulina.

„Die ganze Nacht hat er mir Amore Amore Bunga Bunga ins Ohr gerufen. Das hat mich völlig heiß gemacht."

„Bunga Bunga, woher kennt Beni denn das? Ich dachte das gibt es erst seit dem, na Du weißt schon – Berluschi oder so?"

Beni wurde ganz rot. Adi wollte nun endlich loswerden was in seinem Kopf rumging. „Schämt ihr euch denn nicht? So eine Ferkelei! Früher hätte es dafür Lager gegeben." „Ach Adi, sag was hat Leni für Filme für dich gedreht?"

„Die waren für die Moral der Soldaten, das musste sein." „Und das hier hat deiner Moral geschadet?" Adi lächelte:

„Nein nicht ganz und außerdem und sowieso und papperlapapp, Schluss jetzt." Nadja begann ihren und Paulinas Plan zu erzählen.

„Also hört zu. Paulina und ich werden so einen Tabledance-Schuppen eröffnen. Wir gehen nachher zu Gian-Luca um ein paar Adressen zu bekommen, wer uns so ein Lokal vermitteln kann." „In welchem Stil wollt ihr das machen?"

fragte Beni.

„Darüber haben wir noch nicht nachgedacht."

„Wie wäre es, wenn die Damen um Gewehre und Kanonen herumtanzen und das Ganze etwas militärisch aussieht?"

„Beni, hast du Fieber, du musst krank sein", unterbrach ihn Adi. „Warum?

Tagsüber verkaufen wir die Militaria und abends tanzen die Mädels und wir nennen es Camouflage.

Was meint ihr?"

Kurzes betretenes Schweigen umgarnte die stickige Luft des Schlafzimmers. Doch dann kam es wie aus der Pistole geschossen: „Ja, das machen wir!"

Alle waren einverstanden und gleichzeitig versprachen sie sich viel von Adis Fernsehauftritten bei ‚Tschüss Deutschland'.

Nachdem sie sich alle wieder frisch gemacht hatten, gingen sie wieder dorthin zurück von wo sie gekommen waren. Ihr Plan war ein Frühstück bei Gian-Luca und dann ein Ladenlokal suchen, was für sie geeignet wäre.

Auf dem Weg dorthin trafen sie Chiara, die ihnen aufgeregt den Ausdruck einer Mail des Senders entgegenwinkte. „Ciao, aspeta, hier das Schreiben von dem TV-Sender."

Aufgeregt nahm Adi den Brief in die Hand und alle versammelten sich dahinter.

Sehr geehrter Herr Reltih,

nachdem Sie als Gewinner unseres Castings nun die Chance haben mit ‚Tschüß Deutschland‘ auszuwandern, lade ich Sie herzlich ein, sich am 02.02.um 9.00 Uhr in München in unseren Büros einzufinden.
Entgegen der ursprünglichen Vereinbarung werden wir die Szenen der Abreise nicht in Berlin sondern in München drehen um Kosten zu sparen.
Wir werden hierzu eine Wohnung anmieten und passend einrichten.

Mit freundlichen Grüßen
Marc Niel - Producer

Sie staunten nicht schlecht. Es sollte wirklich losgehen. Nachdem aber noch ein paar Tage Zeit waren, wollten sie trotzdem nach dem Ladenlokal suchen. Alles passte irgendwie zusammen und die Möglichkeit, dass Adi im Fernsehen Werbung für den Laden machen konnte war natürlich sensationell.

Nach einem ausgiebigen Frühstück in der wärmenden Sonne, ließ sich Paulina ein paar Adressen von Maklern geben, mit welchen sie Kontakt aufnehmen wollten. Nachdem Beni ja motorisiert war, vereinbarten sie für 10.00 Uhr den ersten Termin.
Um kurz vor 10 Uhr machten sie sich auf den Weg.
Beim Büro des Maklers angekommen, parkte Beni den Wagen und sie stiegen aus.
„Also Leute", sagte Paulina, „Wie ausgemacht, ich rede erstmal mit dem Makler und schildere ihm unseren Plan, dass wir wenigstens ein paar Objekte zum Anschauen bekommen, bevor er völlig verzweifelt."

„Buon Giorno", begrüßte sie der Makler. „Prego." Er bot ihnen einen Stuhl an und gemeinsam setzten sich alle an den großen runden Tisch in seinem pompösen Büro. Paulina begann: „Also wir suchen ein Ladenlokal mit Schankgenehmigung, in welchem wir auch Tabledance anbieten. Tagsüber kann man dort einen Café trinken und verschiedene Deko und Einrichtungsgegenstände kaufen.
Der Makler stand auf und ging zu seinem Aktenschrank, aus welchem er die Liste der Objekte, welche sich in seiner Vermittlung befanden herausholte.

„Das ist nicht so einfach. Direkt an der Fußgängerzone sind solche Bars nicht gerne gesehen, aber weiter hinten wo die ganzen Diskos sind, da könnte es was werden."

Ah hier, hier hab ich etwas. Er zeigte Ihnen ein Bild von einem völlig verwahrlosten Laden. „Das war früher eine Eisdiele, aber auch die ist diesen modernen Selbstbedienungseisdielen zum Opfer gefallen. Das könnte etwas sein. Wollen Sie es sich ansehen?"

Er ließ die Bilder rumgehen und jeder warf einen Blick darauf.

„Warum nicht", sagte Beni und Adi nickte zustimmend.

„Dann ist hier die Adresse und die Schlüssel. Bringen Sie mir die Schlüssel einfach zurück wenn sie fertig sind. Äh, kenn ich Sie irgendwo her? Sind Sie nicht der, ja Sie sind doch der Typ der auf der Piazza die Mussolini Reden geschwungen hat? Diese Ähnlichkeit."

Beni sagte keinen Ton. Sie nahmen den Zettel und die Schlüssel und machten sich auf den Weg.

Fünf Minuten später erreichten sie das Vergnügungsviertel. Paulina öffnete die Türe und ein modriger Geruch kam ihnen entgegen. Alles hing voll mit Spinnweben. Mit einem abgebrochenen Stuhlbein vertrieb Adi einige von diesen und machte den Weg für die Damen und seinen Freund frei.

Nun standen sie alle zentral im Laden wie bei einer Wagenburg und schauten sich um. Jedes Eck wurde inspiziert. Zu guter Letzt noch die sanitären Einrichtungen und dann fasste Adi zusammen: „Mit deutschem Kampfeswillen machbar. Streichen, putzen,

Klo fliesen und die Elektrogeräte ersetzen, die nicht mehr gehen und schon geht's los."

Nadja hatte schon einen genauen Plan, wo getanzt werden sollte: „Da hinten machen wir eine kleine Bühne und in jedem Eck können wir etwas vom Militär aufstellen und ringsum so Glasvitrinen mit allem möglichen drin, was am Abend leuchtet."

„Und dort hängen wir ein riesiges Tarnnetz auf", steuerte Beni bei. „Also gilt es", fragte Nadja. Und wie mit einer Stimme gaben ihr alle das ok.

„Na gut, dann fahren wir zum Makler und reden über das Geld", sagte Adi abschließend.

Etwas später saßen sie erneut beim Makler im Büro.

„Also die Einrichtung ist ja nicht mehr zu gebrauchen und das Ding muss komplett renoviert werden. Viel können wir dafür nicht ausgeben", sagte Beni ihm sehr direkt.

Der Makler kramte erneut in seinen Unterlagen und dann sagte er ihnen die magische Zahl: „3.000€ pro Monat." Adi bekam sofort einen Hustenanfall und die anderen schüttelten nur mit dem Kopf.

„Senti, 6 Monate zahlen wir keine Miete und dann maximal 800€ pro Monat. Das Ding steht doch schon ewig leer." „Das geht leider nicht, Don Pasquale besteht auf den 3000€."

Da war er wieder, ihr gemeinsamer Freund. „Ah Don Pasquale, soso. Wir klären das mit ihm direkt, vielen Dank."

Der Makler hatte sie offensichtlich unterschätzt und so fuhren sie zurück zu Gian-Luca und ließen ihn bei Don Pasquale anrufen.

Als Gian-Luca ihn am Telefon hatte, reichte er den Hörer rüber. „Beni Amico, was war das für ein rauschendes Fest Natale, oder?"

„Don Pasquale, ja sicher, aber jetzt habe ich ein anderes Problem. Dein Laden im Vergnügungsviertel wo früher die Eisdiele drin war, den wollen wir mieten."

„Mein Freund, das lasst mal sein.

Mir gehören dort alle Läden und Häuser und ehrlich gesagt ist der Laden viel zu schlecht für euch. Das ganze Viertel soll saniert werden und ein neues, schöneres entstehen."

„Aber was sollen wir denn machen, wir brauchen einen Laden?" „Bleibt bei Gian-Luca. Ihr bekommt in Kürze einen Anruf."

Kaum hatte er das gesagt, hörte Beni das Klicken des Hörers. „Gian-Luca gib mir einen Cappucino", sagte Beni und setzte sich zu den anderen. Es dauerte knapp zwei Stunden bis das Telefon läutete.

Gian-Luca nahm den Hörer ab:

„Pronto. Si, si, Don Pasquale, certo. Beni für dich."
Beni stand auf und nahm den Hörer. Don Pasquale erklärte Beni, was er sich überlegt hatte.

„Ihr könnt den Laden an der Senitera haben, der ist gestern frei geworden, aber sagt niemandem, dass ihr ihn von mir habt. Giacomo wartet dort auf euch und gibt euch Schlüssel und Mietvertrag."

„Danke, Don Pasquale", konnte Beni gerade noch sagen, schon klickte es in der Leitung, da Don Pasquale aufgelegt hatte. „Leute, wir haben einen Laden. An der Senitera. Kommt, wir fahren gleich hin. Don Pasquales Leibwächter wartet dort auf uns.

Sie tranken noch ihre Tassen aus uns gingen dann zu Beni's Wagen. Die Senitera war nicht weit weg und war vor allem im dem Viertel in dem die meisten Hotels im Ort zu finden waren.

Als sie dort ankamen, empfing sie Giacomo bereits und gab Paulina den Schlüssel. Beni zeigte er den Mietvertrag. Als der die Miete sah, zauberten die 800€ ihm ein Lächeln ins Gesicht. „Hey Leute nur 800€, das ist super, oder?"

Beni unterschrieb schnell ohne das Kleingedruckte zu lesen und gab den Vertrag Giacomo zurück. Der verschwand kurz drauf wieder.

Paulina, Nadja und Adi inspizierten bereits den Laden und kamen aus dem Staunen nicht mehr raus.

„Alles renoviert, Kühlschränke laufen, alles sauber, hier haben Deutsche gearbeitet, das kann man genau sehen", sagte Adi und lief wie zur Abnahme einer Militärparade durch das Geschäft.

Paulina macht wieder einen Plan für die Einrichtung, den sie im Anschluss allen erklärte. Lang dauerte es nicht und sie waren sich einig.

Alles was fehlte, waren die Militaria für den Verkauf, eine Musikanlage und eine kleine Bühne, die im hinteren Bereich des Lokals gebaut werden sollte.

„Lasst uns feiern, die erste Schlacht ist gewonnen", lud Adi alle ein. „Wir sagen Roberto, er soll heute Abend für alle ein Fest machen und wir können dabei planen, was wir alles noch brauchen um den Laden einzurichten."

Alle nickten zustimmend und Beni rief Roberto mit Nadjas Handy an. Der stimmte dem Vorschlag zu und versprach ein festliches Essen vorzubereiten.

Auf dem Weg zu Roberto besorgten sie allerhand Material um die Planung generalstabsmäßig durchzuführen.

Im Lokal stellten sie zwei Tische zusammen und breiteten die DIN A3 Blätter aus.

Als erstes begann Adi: „Wir überfallen den Gegner an vier Seiten. Hier, hier und hier." Er zeigte mit einem Stock auf die Stellen und dann verschränkte er die Arme hinter seinem Rücken und lief dann an einer Tischseite auf und ab. „Angriff erfolgt mit vier Kanonen, die von Munitionskisten flankiert werden."

Beni schnappte sich Adis Stock und fuhr fort: „Hier in der Nähe der Latrinen werden wir Tarnnetze in Stellung bringen." Auch er zeigte mit dem Stock auf den Plan, den Paulina gezeichnet hatte.

Jetzt griff Nadja zum Stock. Als erstes haute sie damit auf den Tisch. „Ruhe", rief sie dabei. Dann zeigte sie auf dem Plan, wo die Bühne hinkommen sollte.

Sie diskutierten dies und das und begannen dann eine Liste zu erstellen, was sie alles brauchen würden. Besonders spannend war dabei die Frage, wo die Kanonenrohre herkommen sollten.

„Also wo anders wird es denn Kanonen geben, als in einer Kaserne?" „Adi, du kannst nicht einfach in eine Kaserne gehen und Dir eine Kanone für den privaten Gebrauch ausleihen. Zumal wir ja vier Stück brauchen."

„Müssen es denn echte Kanonen sein? Kaufen wird die doch eh keiner", merkte Paulina an. „Und wo kommen falsche Kanonen her, sehr witzig", sagte Beni. „Wir machen welche aus Pappmaschee auf einer Holzkonstruktion und damit täuschen wir den Gegner", schlug Adi vor.

„Und mit welcher Vorlage sollen wir das machen?", fragte Nadja. Beni stand auf und ging zu Roberto. Als er ihm etwas ins Ohr geflüstert hatte musste dieser lachen. „Was ist jetzt Beni, hast du einen Plan?", fragte Paulina. „Wir stehlen die Kanone vom Denkmal des 1.Weltkriegs. Die können wir ja später wieder zurückbringen." Alle schauten ihn mit großen Augen an. „Die habe ich gestiftet, gehört sowieso mir." „Wieso du?", fragte Paulina. „Weil ich der Du …" Er kam nicht dazu zu Ende zu sprechen, da hielt ihm Roberto schon den Mund zu.

„Hmmmhäähhmmmmmmm" brachte Beni nur noch raus. Kurz drauf löste Roberto die Umklammerung wieder.

„Also warum gehört die Kanone dir, Beni?", fragte Paulina erneut. „Weil ich der Duce bin und das ist mein Freund der Führer", sagte er mit bestimmenden Worten und Adi hob die rechte Hand zum Heil. Ein grausamer Moment der Stille durchfuhr den Raum. Plötzlich begann Nadja zu lachen, wie ein kleines Kind. „Und ich bin die Gina Lollobridgida." Sie konnte kaum noch Luft holen, derart heftig war ihr Lachanfall. Kurz drauf stieg der Rest auch darauf ein und sie mussten sich den Bauch halten.

Adi und Beni waren nicht gerade begeistert und wollten ernst genommen werden. Adi begann in seiner typischen Wortwahl und Mimik eine Rede an das Volk und Benito marschierte im Lokal auf und ab. „Sehr gut, sehr gut", sagte Paulina und applaudierte Ihnen. „Ihr gehört beide auf die Bühne, Wahnsinn, wo habt ihr das denn gelernt?"

Immer mehr verrannten sich die ausgedienten Diktatoren in ihren Rollen, doch keiner nahm sie ernst. Bis Roberto das Schauspiel unterbrach. „Silencio, wollen wir jetzt die Kanone klauen oder nicht?"

„Si certo", sagte Beni.

Adi begann den Plan zu verfeinern. „Wir machen einen Blitzkrieg. Nachdem Massimo mit seiner Hotelwache vorbei ist, gegen null-zwo-hundert wird eine Vorhut aus Beni und Pauline bestehend unauffällig zur Kanone gehen und so tun, als wollten sie vorbeigehen. Gleichzeitig wartet das Transportkommando mit Gian-Lucas Piaggio um die Ecke.

Erst wenn unsere Pioniere uns das Zeichen geben werden wir, wie ein Blitz aus deutscher Feinmechanik die Kanone an das Piaggio hängen. Danach springt die ganze Einheit auf die Ladefläche und wir treten den Rückzug an." „Und wo sollen wir die Kanone hinbringen?", fragte Nadja. Beni nahm seine Hand zum Kinn und rieb es nachdenklich.

Roberto hatte eine Idee: „Ist doch ganz einfach, wir hängen meine Terrasse ab, dass man nicht reinschauen kann und dann stellen wir das Ding da unter."

„Also dann gilt es, um zwei Uhr heute Nacht geht's los!", sagte Beni. „Und jetzt lass uns Essen und etwas trinken."

Sie aßen und tranken bis in die Nacht und als es eins wurde, zog Roberto los um das Piaggio von Gian-Luca zu holen. Kurz drauf kam er zurück.

Eigentlich hatten alle schon zu viel getrunken, um so eine dämliche Aktion durchzuziehen, aber vielleicht war es gerade dass was sie brauchten um den Mut nicht zu verlieren.

Als Roberto sie hinaus zu Piaggio bat, pfiff Adi nochmals alle zurück. „So könnt ihr in keine Nachtoperation gehen." Er nahm eine Kerze und hielt in ausreichendem Abstand seine Hand darüber. Gerade eben so, dass er sie sich nicht verbrannte, aber genug Ruß auf der Hand kleben blieb.

Damit begann er sich das Gesicht einzureiben, dass es schwarz wurde. Dann wiederholte er alles und bemalte die Gesichter der anderen.

Dabei fiel Roberto wohl ein, dass es nicht so schlecht wäre Handschuhe zu tragen, wegen der Fingerabdrücke. Er ging in die Küche und holte einige der Latex Handschuhe, die er dann verteilte.

Gut getarnt zogen sie dann erneut von Dannen. Adi und Beni hielten die Klappe der Ladefläche des Piaggios und halfen den Damen hinauf. Dann sprangen sie selbst auf das wackelige Vehikel. Roberto stieg vorne ein und fuhr los. Hinter der Ecke an der Piazzale blieb er stehen und schaltete das Licht aus. Beni sah auf die Uhr- es war eine Minute vor zwei.

Die Zeit tickte in ihren Ohren und um Punkt zwei Uhr gab Beni das Zeichen zum Überfall. Er und Nadja sprangen von der Ladefläche und huschten zum Denkmal. Nach kurzer Beobachtung der umliegenden Fenster und Gassen gaben sie den anderen ein Zeichen. Roberto fuhr das Piaggio heran, Adi und Paulina sprangen auch von der Ladefläche und befestigten die Kanone an dem Piaggio.

Dann sprangen alle wieder hinauf auf die Ladefläche und Roberto wollte davon fahren. In dem Moment als er Gas gab bemerkten sie, dass die Kanone befestigt war, doch leider war es zu spät. Roberto schoss mit der Karosse des Piaggios davon und sie blieben auf der Ladefläche zurück. Sie krachten mit einem Höllenlärm auf den Boden und das Piaggio machte einen Krach, als ob gleich die Kolben herauskatapultiert würden.

Erst als er das Piaggio ausschaltete wurde es wieder ruhig und offensichtlich hatte sie niemand bemerkt.

Adi wimmerte nur noch das Wort „Rückzug". Er und Beni hoben die Ladefläche des Piaggios zurück auf die Karosserie. Und um nicht bemerkt zu werden schoben sie das Gefährt nach Hause.

Nach einer halben Stunde erreichten sie das Lokal wieder. Alle vollkommen fertig. Roberto zermarterte sich das Hirn, was er Gian-Luca nur sagen sollte und der Rest jammerte wegen der offensichtlich gescheiterten Kanonenidee.

Wenigstens Adi ergriff die Initiative und schaute sich den Schaden am Piaggio an. Die Halterungen der Ladefläche waren komplett abgerissen und mit einfachen Handgriffen waren die auch nicht zu richten.

Trotzdem beschloss Roberto kurz drauf das Piaggio einfach wieder zurückzustellen und Gian-Luca seinen Fehler zu beichten. Die Reparatur wollte Beni bezahlen und sie hofften, dass damit alles erledigt sei.

Doch das Thema mit der Kanone war immer noch offen.

Alle wussten sie würden dieses Problem heute Nacht nicht mehr lösen und begaben sich nach Hause. Paulina ging mit Nadja mit und die älteren Herren quälten sich die Treppen zu ihrem Apartment hinauf.

Der nächste Morgen begann mit leuchtendem Strahlen der italienischen Sonne, die wohlig warm durch ihr Fenster schien.

Adi wachte auf und räkelte sich nochmal kurz im Bett bevor er seine übliche Morgengymnastik machte. Dabei dachte er über das Problem mit den Kanonen nach und das er sie auch eigentlich gar nicht mehr brauchte. Eine Edelstahlstange sollte auch reichen und die Mädels könnten ja mit militärischen Stiefeln und Ledergurten der Uniform auftreten, dass ginge doch auch.

Er ging hinüber zu Beni und wollte ihm von seiner Idee erzählen. Der ließ sich nur schwer wecken. „Ihr Deutschen verbreitet immer so eine Unruhe. Calma Adi, lass den Tag doch langsam beginnen." „Beni, jetzt hör mir zu." Adi erzählte ihm von seiner Idee und Beni konnte sich immer mehr damit anfreunden. Gerade die Kombination von Uniformteilen und nackter Haut fand er besonders erotisch. Sie waren sich einig, mussten das Ganze aber noch den Damen verkaufen.

Etwas später verließen sie ihre Wohnung und wollten wie immer zu Gian-Luca frühstücken. Paulina und Nadja warteten bereits. Sie setzten sich zu ihnen und erzählten den Beiden von ihrer Idee.

Geradezu enthusiastisch betete Adi Ihnen die erotische Kombination von nackter Haut und Uniformen vor. Und irgendwann fanden beide Gefallen an der Idee.

Sie setzten also noch einige Dinge auf ihre Liste der Erledigungen und Einkäufe und wollten dann mit den Arbeiten beginnen. Die Eröffnung des Ladens sollte mit Adis Ankunft mit dem deutschen Fernsehen zusammenfallen, um den größtmöglichen Werbeeffekt zu erreichen.

Kapitel IX– Adi der große Schauspieler

Der Tag der Abreise rückte immer näher. Es war bereits der 30. Januar. Die letzten Tage waren von viel handwerklicher Arbeit geprägt. Der Laden nahm langsam Formen an und Adi und Beni hatten allerlei Flohmärkte abgeklappert und viele Utensilien gefunden. Eigentlich wollten sie ihre eigenen Uniformen nicht ausstellen, aber irgendwie war ihnen auch klar, dass sie diese wohl nie mehr brauchen würden. Also besorgten sie noch zwei Schaufensterpuppen und zogen ihnen ihre Uniformen an.

Immer mehr und mehr und mehr wurde in die Bar geschleppt und gemeinsam mit den Mädels schafften sie es tatsächlich eine erotische Mischung aus Militaria und Sex zu schaffen. Es hatte was von Soldatenkneipe und GoGo-Bar.

Allerdings waren sie sich einig darüber, dass dieser muffelige Geruch der alten Sachen verschwinden musste. Nachdem Nadja und Pauline ein entsprechendes Mittel besorgt hatten und alles damit einsprühten, roch alles nach Lavendel und irgendwie leicht anrüchig.

Am ersten Februar dann machten sich Adi und Beni auf die Reise nach München. Diesmal verzichteten sie auf den Bayerischen Hof und mieteten sich im Hotel Adler am Hauptbahnhof ein.

Am nächsten Tag erreichten sie pünktlich das Fernsehstudio. Dort sollten sie erneut in einem Vorraum warten. Didi, der Moderator und Marc Niel, der Producer würden sie in Kürze abholen. Und so passierte es auch.

„So, Herr Reltih", begrüßte ihn Marc Niel. „Und wen haben sie da mitgebracht"? „Das ist mein Freund Beni aus Italien, er hilft mir bei der Truppenverlagerung... ähäh Umzug. Nennen Sie uns einfach Adi und Beni. Didi hatte kein besonderes Interesse ihnen die Hand zu geben, er war nur wieder rotzig.

„So ihr Spacken, dann fahren wir mal zum Prinzregentenplatz", sagte er und ging aus dem Studio hinaus. „Ihr folgt uns einfach, dann findet ihr es schon. Er und der Producer stiegen in einen 911er Porsche und Beni versuchte, ihnen in seinem Lancia zu folgen. „Beni hast du gehört, Prinzregentenplatz. Da hab ich schon einmal gewohnt. Die werden doch nicht meine Wohnung genommen haben?"

„Ich glaube nicht, aber möglich ist alles." Nach einer quälenden Parkplatzsuche erreichten sie den Eingang zum Haus. Und es war tatsächlich das Haus in dem Adi früher gelebt hatte. „Das issne Fernseh-Wohnung. Da werden allerhand Filme gedreht. Früher soll da mal der Hitler gewohnt haben, merkt man aber nicht mehr. Der Mief von dem alten Sack ist schon lange weg", raunzte Didi.

Adi fand das gar nicht lustig und auf dem Treppenabsatz stellte er ihm kurzerhand ein Bein. „Hoppla, passen Sie auf die Stufen sind glatt", sagte er und half dem arroganten Preußen wieder auf.

Als sie ankamen, sah man bereits das Kamerateam und in der Wohnung waren allerhand Kartons zu sehen, die den Umzug andeuten sollten.

Sie sprachen kurz ab, was sie von ihm wollten, um dann die Eingangsszene zu drehen.

Adi sollte vor einem Karton knien, einige Dinge ein-packen und dazu erzählen warum er weg wolle aus Deutschland. Die Maskenbildnerin kam und puderte ihn.

Dann half ihm Didi, sich richtig vor den Karton zu knien und gab der Regie ein Zeichen. Der Regisseur begann mit der Aufnahme. „Achtung, Probeaufnahme und Action."

Die Klappe fiel und Didi fing an Adi Fragen zu stellen. „Adi, du willst weg aus München, was bewegt Dich?" „Ich habe hier viele Jahre meines Lebens verbracht und viele Erinnerungen hängen an meiner Wohnung.

Wie oft Goebbels hier vorbeikam um sich meine Befehle abzuholen. Nein, Nein, Nein, ist schon traurig das das jetzt vorbei ist.

„Stop aus!", sagte der Regisseur. „Ähm Adi, kannst du vielleicht nicht so einen Käse erzählen und leg den blöden Dialekt ab. Hörst dich ja an wie der Hitler."

Adi wollte schon sagen, dass er ja auch der Hitler sei, aber er verkniff sich diese Bemerkung.

„Also nochmal", sagte der Regisseur. „Alles auf An-fang und Action." „Adi, was bewegt dich, warum willst du weg aus München?" „Naja für einen unge-lernten Hilfsarbeiter wie mich gibt es in Deutschland keine Arbeit mehr. Ich bin 57 und wer nimmt mich da schon noch?"

„Und jetzt hast du einen Plan mit Italien?" „Ja mein Freund Beni hat mich auf die Idee gebracht. Er hat da Familie und wir kennen uns ganz gut mit so altem Militärsachen aus." „Und du glaubst der Laden kann etwas werden?" „Ja warum nicht?" „Aus" sagte der Regisseur. „Im Kasten!"

„So Adi, dann machen wir jetzt die Szene wie du einen Karton aus der Wohnung trägst und unten in einen LKW lädst."

Das Kamerateam baute seine Position um und Adi wurde nachgepudert.

Kurz drauf forderte der Regisseur sie wieder auf, die Szene zu beginnen. „Szene zwei, „der Karton", und Action." „Was geht dir jetzt durch den Kopf, wenn du den Karton hinunterträgst?", fragte Didi.

Adi hob bei der Frage den Karton hoch und ging Richtung Hausflur, wo die Tür bereits offen stand. Er trat hinaus und ging langsam die Treppen hinunter. „Wie oft bin ich schon diese Treppen hinunter gegangen und wie oft wusste ich nicht, ob ich zurück komme, damals waren ja andere Zeiten." Eine andere Wohnungstür öffnete sich und eine alte Frau schaute hinaus. „Jessas der Herr Hitler", sagte sie und machte die Tür schnell wieder zu. „Aus, Aus!"

„Was soll der Mist, kann jemand die Tür zuhalten, dass die Alte nicht mehr rauskommt?!" Einer der Kabelträger versperrte die Türe.

„Alles auf Anfang", sagte der Regisseur und Adi musste wieder hinauf. Sie drehten die Szene ab und vereinbarten nun das weitere Vorgehen. Adi dachte er würde mit Beni nach Italien fahren, doch Didi sagte ihm, dass er und das Kamerateam den Zug nach Verona nehmen sollten, um weitere Gespräche während der Fahrt zu führen. Er und Beni trennten sich nur ungern. „Amico, und rede keine Scheiße, die sperren dich ein, glaub mir", gab Beni ihm zum Abschied mit auf den Weg.

Mit dem Taxi ging es zum Hauptbahnhof in dem bereits viele Züge standen. Didi schaute auf die Anzeigentafel und suchte den Zug nach Verona. „Da Gleis 24", sagte er zu den anderen. Sie gingen zum Zug und am Bahnsteig bereiteten sie die nächste Szene vor.

Adi sollte in den Zug einsteigen und aus dem ersten Abteil hinausschauen und dabei recht sehnsüchtig eine Träne rausquetschen. „So, alles auf Anfang", sagte der Regisseur. „Und Action." Adi schaute in die Kamera und stieg dabei die drei Stufen in den Zug hinauf.
Der etwas in die Jahre gekommene Zug der italienischen Bundesbahn roch nach Teer und altem Urin. Wie vereinbart, ging Adi gleich in das erste Zugabteil und öffnete das Fenster.
Dann schaute er hinaus. Das mit der Träne fiel ihm irgendwie schwer, doch der Windzug eines anderen einfahrenden Zuges half ihm und er konnte einen Tropfen der Sehnsucht herausquetschen.
Der Regisseur beobachtete die Szene noch eine Weile und rief dann: „Aus, alles im Kasten, wir steigen ein." Didi, das Kamerateam und der Regisseur gesellten sich zu Adi."
Als der Zug losfuhr bemerkte er einen anderen hereinfahrenden Zug. Der war voller Flüchtlinge und er fragte „Sagen Sie Didi, fahren die weiter nach Dachau?" „Wie meinen Sie das?"
„Naja nach Dachau eben oder bleiben die alle hier? Mich erinnert das irgendwie an was."
„Wir kümmern uns um diese armen Menschen bis sie wieder in ihr Heimatland zurückkönnen." „Ja das

habe ich auch mit meinem ‚Arbeit macht frei-Programm'." Didi schaute ihn entgeistert an.

„Sie machen den Hitler so ernst nach, dass man glauben könnte, Sie seien es tatsächlich.

Das ist phänomenal!" Der Rest vom Team schnitt bereits Grimassen und versuchten den Hitlergruß nachzumachen. Dabei hielten sich einige zwei Finger unter die Nase um den Bart Hitlers zu imitieren. „Jetzt hören Sie doch auf sich über den größten Feldherrn aller Zeiten lächerlich zu machen.

Ich habe Deutschland zu der Macht verholfen, die es brauchte. Ich habe Österreich heim geholt ins Reich. Ich habe für Arbeit gesorgt", gab Adi zum Besten. Desto mehr er in seinem typischen Dialekt zu sprechen begann, desto mehr krümmte sich die Crew vor Lachen. Irgendwann gab er auf und setzte sich wieder.

Er sagte keinen Ton mehr und die Stimmung kippte. Irgendwann erreichte der Zug die Grenze nach Österreich und machte Halt in Kufstein.

„So Leute, machen wir jetzt die Szene mit den Erwartungen und Ängsten", sagte der Regisseur.

„So Adi, Didi wird sie jetzt nach ihren Erwartungen und Ängsten fragen und Sie sollten uns so ehrlich wie nur möglich sagen, was Sie empfinden."

Das Kamerateam baute sich erneut auf und Didi und Adi wurden kurz nachgepudert. „Und Action", sagte der Regisseur als die Kamera erst auf Didi und dann auf Adi schwenkte.

„So Adi jetzt sind wir gerade über die erste Grenze gefahren, was fühlst du, welche Erwartungen an dein neues Leben sind in dir erwachsen".

Für einen kurzen Moment hielt Adi inne und dann holte er Luft. Entgegen Benis Empfehlung wollte er Propaganda machen.

„Dies hier ist keine Grenze, wir befinden uns immer noch im großdeutschen Reich. Hier leben unsere Brüder und Schwestern. Gemeinsam werden wir ein neues Europa mit der BAPP bauen.

Beni und Adis Partei des Proletariates wird künftig für Zucht und Ordnung sorgen und eine Stabilität des Friedens herstellen, der ungetrübt von falschen Gefühlen und großer Nächstenliebe ganz Europa zusammenführen wird. Es muss europäisch bleiben was europäisch ist! Und wir wollen ein sauberes Europa!"

Eine gewisse Ruhe herrschte plötzlich im Abteil. Der Kameramann ließ einfach laufen, doch der ein oder andere wusste nicht, ob er nun lachen sollte oder es mit der Angst zu tun bekam, derart ernst hatte Adi seine Worte benutzt. Plötzlich begann Didi laut zu lachen:

„BAPP – was ist denn das für ein Name für eine Partei. BAPP, Sie haben doch eins an der Klatsche. Großdeutsches Reich. Bravo Mann, Sie müssen unbedingt zum Theater!"

Dann klatschte er. „Sie werden Kult, das sage ich ihnen. Kult wie dieser Ossi auf Mallorca, Jens oder so heißt der doch?

Sie sind noch besser, ich bringe Sie ins Abendprogramm und ins Theater, sie werden sehen. Sensationell! Bravo."

Adi traute seinen Ohren kaum. Hatte doch niemand seine Worte ernst genommen und scheinbar sollte er sich selbst spielen, was ihm ja eigentlich leicht fiel. Aber wollte er das denn?

„Schauen Sie, guter Mann", begann Adi erneut.

„Europa liegt am Boden, Sodom und Gomorra haben Einzug gehalten und die Vermischung der Völker zu einem starken Volk wird nur getrübt von feigen unwilligen Lumpen, die …." „Ja jetzt ist schon gut", unterbrach ihn Didi, „Ich glaubs ihnen ja." Adi verzweifelte, niemand nahm ihn mehr ernst. Nur noch als Parodie sollten ihm die Leute zuhören.

Der Zug hatte mittlerweile Innsbruck passiert und die Fahrt ging weiter hinauf zum Brennerpass. Adi starrte ohne eine Miene zu verziehen aus dem Fenster und das Kamerateam beriet sich, wie sie die Szenen schneiden sollten, denn die Propagandasprüche waren nicht fernsehtauglich.

Einige Zeit später erreichten sie Bozen. „Soooo Adi, wir wollen jetzt noch eine Szene drehen wie du dein neues Heimatland findest, nachdem wir ja nun in Italien sind", sagte der Regisseur.

Adi schaute ihn mit großem Staunen an. „Jetzt denken Sie doch einmal nach", sagte er. „Hier mag zwar Italien sein, doch nur weil ich es so wollte. Eigentlich sind das hier alle Österreicher und gehören zum großdeutschen Reich."

„Jetzt pass auf Adi, wir haben heute noch ein paar Szenen zu drehen und den Quatsch lass jetzt bitte sein. Alle auf Position." Die Kameraleute postierten sich und Didi setzte sich Adi wieder gegenüber.

„Und Action", rief der Regisseur und die Kamera begann zu laufen. „Schau mal raus Adi, das ist Italien deine neue Heimat, wie findest du es."

116

„Italien ist großartig, ein Kern von Europa und meine liebsten Verbündeten. Mein Freund Musso … Äh Beni hat mir gezeigt, wie die Italiener leben und ich konnte ihre Philosophie aufsaugen.

Gemeinsam werden wir für Veränderung sorgen und mit der BAPP...“ – „Schnitt!“, fiel ihm der Regisseur ins Wort.

„Jetzt geht das schon wieder los, so werden wir nie fertig.“

Die nächsten Stunden waren anstrengend für alle Beteiligten. Adi ließ nicht locker. Die Krönung war eine Situation als ein Dunkelhäutiger durch den Zug schlenderte und nach einem Platz im Abteil fragte. Spontan fragte der Regisseur ihn, ob er bereit wäre an einer Szene mitzuwirken und der eingebürgerte Afrikaner willigte ein.

Adi fiel es extrem schwer neben ihm zu sitzen, doch letztendlich erinnerte er sich an Benis Worte, die ihm immer wieder zeigten, dass die Zeit sich geändert hatte und Fremdenhass niemals zum Ziel führen würde. Nachdem sie vereinbart hatten, wie die Szene aussehen sollte, gab der Regisseur wieder sein Kommando und die Kamera hielt auf die zwei.

„Schau Adi, hier ist noch jemand dessen neue Heimat Italien ist. Fühlen Sie sich wohl hier?“ In gebrochenem Italienisch-Deutsch antwortete der freundliche Mann:

„In meine Land ist nur Krieg, jetzt hab ich Frieden und Familie ist sicher. Kinder gehen Schule und ich haben Arbeit.“

Adi versuchte sofort ins Gespräch einzusteigen. Dabei schaute er weg und hielt sich die Hand vor den Mund. Fast beschämend sagte er: „Leben Sie mit anderen

Italienern zusammen oder haben Sie getrennte Wohngebiete?"

„Wir leben unter Italienern, das ist schön." Adi drehte sich nun doch um und musterte seinen Gesprächspartner von oben bis unten.

„Wo ist ihre Rassenmarkierung?", fragte er. Sie schauten ihn fragend an und dann lachten alle. „Du ziehst deine Rolle einfach durch, oder? Unglaublich. Da müssen wir was draus machen. Vergesst die Szenen, ich muss mal telefonieren", sagte Didi.

Er ging hinaus und rief jemanden an. Eine halbe Stunde später kam er zurück.

„Also, wenn wir in Paradiso sind, wartet ein Werbefuzzi auf uns. Er will mit dir eine Deowerbung machen." Adi wollte ihm sofort wiedersprechen, doch kam nicht mehr dazu.

„Ich habe ausgemacht, du machst das in einer alten deutschen Uniform und bekommst 10.000€ dafür." Dieser Satz ließ Adi verstummen.

Er sollte sein erstes, eigenes Geld verdienen, das als Grundstock für sein weiteres Leben dienen könnte. Nichts desto trotz bestand er auf dem Abschluss der Dreharbeiten zu seiner Auswanderung, damit die gewünschte Werbung für ihre Bar gesichert sei.

Sie hatten noch einige Stunden Fahrt vor sich. Adi schaute dabei lange aus dem Fenster und seine Gedanken verwirrten ihn immer mehr. Menschen aller Rassen leben zusammen und sind zufrieden. Rassenhass bringt nur Krieg und Tod. Alle Menschen sind gleich. All diese Gedanken überlagerten plötzlich seine eigentliche Gesinnung. Er bekam ein schlechtes Gewissen.

Dann kamen plötzlich Erinnerungen an seine Kindheit hoch. Erinnerungen an seine Pläne, Maler zu werden und an seine Bewerbung für die Akademie der bildenden Künste in Wien. Ob sein Leben anders verlaufen wäre, wenn er Künstler geworden wäre?

Er bemerkte immer mehr Zweifel an seinen vergangenen Handlungen und bemerkte Gefühle wie Mitleid und Nächstenliebe, die er lange nicht mehr hatte. Doch es fühlte sich gut an, wieder fühlen zu können.

Mitten in der Nacht erreichten sie dann endlich Cesena. Beni wartete bereits auf sie, um Adi abzuholen. Sie stellten sich alle gegenseitig vor und Adi wechselte einige Worte mit dem Werbefuzzi.

Der wollte ihm noch nicht genau sagen, was seine Idee für die Deowerbung war. Sie verabredeten sich für den nächsten Tag und das Tschüß-Deutschlandteam verabschiedete sich in Richtung Paradiso. Beni und Adi hatten kaum eine Chance sich richtig zu begrüßen.

Deswegen waren beide froh als sie in Benis Wagen saßen und einen Moment unter sich waren. „Und Adi, was gibt's Neues?", fragte Beni.

„Das war eine komische Filmerei, das hätte der Göbbels viel besser gemacht. Naja ich hoffe, dass die Szenen morgen in unserer Bar zumindest etwas Werbung machen. Wie sieht's eigentlich da aus?"

„Ganz gut, wie geplant werden wir morgen eröffnen können und das passt ja prima zum Zeitplan des Fernsehteams."

In Paradiso zeigte Beni dem Fernsehteam den Weg zu ihrem Hotel. Anlässlich des hohen Besuchs hatte

Roberto einen Hotelier überreden können aufzusperren und einige Zimmer zu heizen, damit die Mitarbeiter des Fernsehens standesgemäß übernachten konnten.

Beni gab ihnen ihre Zimmerschlüssel und stieg dann wieder zurück zu Adi ins Auto. „Aber Adi, was war das denn noch für ein Typ am Bahnhof in Cesena?" „Das war einer von einer Werbeagentur." Adi ließ sich nichts anmerken. Er wollte Beni unbedingt überraschen.

„Ja und, was will er denn?" „Er will mit mir eine Werbung für Deo machen und zahlt 10.000€, das ist doch unglaublich, oder?"

Das Grinsen wollte gar nicht mehr verschwinden aus dem Gesicht des Despoten. „Wahnsinn Adi, das muss gefeiert werden!", erfreute sich Beni. „Aber erst morgen, sieh mal auf die Uhr. Ich möchte gerne ins Bett und etwas schlafen. Morgen wird bestimmt ein sehr anstrengender Tag."

Zufrieden schliefen beide kurz darauf ein und am nächsten Morgen zwitscherten die Vögel zur wärmenden italienischen Sonne, die alle beide zärtlich weckte.

Als erstes stand Beni auf, um beiden einen Espresso zu machen. „Buon Giorno Adi, komm, es gibt frischen Kaffee." Adi fühlte sich wie gerädert, hatte nicht genug geschlafen, aber es half ja nichts.

Er musste durch den Tag kommen. „Guten Morgen Beni. Ich hoffe, du hast besser geschlafen als ich." „Ich habe geschlafen wie ein kleines Baby. Lass uns zu Gian-Luca gehen und frühstücken, was meinst

du?" „Gute Idee, vielleicht wache ich ja dann auf."
Adi schleppte sich ins Bad und duschte.

Danach rasierte er sich und zog sich an. Als wieder
zurück in die Küche kam, gab Beni ihm den Espresso
und ging dann selbst ins Bad. Kurz drauf waren beide
abmarschbereit.

Bei Gian-Luca konnte man heute Morgen schon wieder in der Sonne draußen sitzen. Der Frühling kündig-
te sich bereits an.

Sie bestellten wie immer Cappucino und Brioche und
genossen ihr Frühstück. Mit den Fernsehleuten hatten
sie sich für Mittags verabredet.

Ein paar Minuten später gesellten sich auch Nadja und
Paulina zu ihnen. Die Begrüßung war sehr, sehr eu-
phorisch und ließ auf ihre tolle Freundschaft schlie-
ßen. Beide Mädchen sahen toll aus und die zwei Alten
hatten alle Aufmerksamkeit, die es im touristenleeren
Dorf geben konnte.

Die Müllabfuhr, die Polizei und die Einheimischen,
die an ihnen vorbeifuhren, richteten ihre Blicke auf
sie. Anfangs dachten sie noch, es läge auch an ihnen,
doch dann zeigte Gian-Luca ihnen eine Anzeige aus
der Tageszeitung.

Sie zeigt die Damen in erotischer Pose gemeinsam mit
den beiden Herren in ihrer Originaluniform vor der
Bar. Hier hatten die Damen sich erotisch ablichten
lassen und über der Bar stand Chamäleon-Bar.

„Wie habt ihr das denn gemacht und wie seid ihr auf
den Namen gekommen?", fragte Beni freudig. „Wir
haben uns gedacht, da es sich ja um eine Kombination
aus Striplokal und Militaria Handlung handelt, ist es
wie ein Chamäleon. Es verwandelt sich immer wieder", antwortete Nadja.

Zur Feier des Tages brachte Gian-Luca eine Flasche Prosecco und sie stießen auf den Erfolg an. Fehlte nur noch der Bericht im Fernsehen und sie waren sich sicher, die Touristen würden nur so herbeiströmen.

Am Mittag trafen sie sich mit den Fernsehleuten am Hotel. Paulina und Nadja waren bereits in die Bar gefahren, um alles vorzubereiten.
Adi und Beni vereinbarten mit der Crew, sie würden vorausfahren und sie sollten ihnen folgen. An der Bar angekommen, inspizierten der Regisseur und Didi die Lokalität und ließen die Scheinwerfer und Kameras aufbauen.
Sie wollten, dass es aussah wie ein normaler Tag in der Bar und es sollte Publikum anwesend sein. Also sprachen Adi und Beni ein paar Männer auf der Straße an, ob sie mitmachen wollten.
Die stimmten sofort zu und kurz drauf hatten sie das Lokal auf Atmosphäre gebracht. Jeder bekam ein Bier, die Musik wurde eingeschaltet und Nadja und Paulina begannen zu tanzen. Adi und Beni zogen ihre Uniformen an und standen hinter einem Schaukasten, in dem sich Orden befanden.
Zwei der angeworbenen Männer ließen sich die Antiquitäten genau erklären. Die Szene war phantastisch. Didi sprach ein paar erläuternde Worte und am Ende wurde Adi nochmals interviewt. Didi begann wieder zu fragen: „Und, glücklich?"
„Ja, sehr, wie man sieht habe ich nun wieder eine Zukunft und kann mein eigenes Geld verdienen."
„Schnitt" rief der Regisseur und alles war im Kasten. Sie wechselten noch einige Worte und teilten ihnen

mit, dass Adis Auswanderung in 4 Wochen im Fernsehen zu sehen sei.

Natürlich waren alle schon jetzt sehr gespannt.

Das Fernsehteam reiste ab und die vier Freunde feierten bis in die Nacht. Sogar die Komparsen blieben und wurden zu zahlenden Gästen. Es war ein voller Erfolg. Gegen zwei Uhr nachts begannen sie aufzuräumen und die letzten Gäste waren gegangen.

Sie verabschiedeten sich und Adi und Beni machten sich auf den Nachhauseweg. An der nächsten Ecke sahen sie, wie drei junge Männer auf einen Schwarzen einprügelten. Sie beschlossen dazwischen zu gehen. Besonders Adi ließ sich von seinen neuen Gefühlen treiben und wollte helfen.

„Halt, was macht ihr da, hört sofort auf damit!", schrie Adi. „Calma, calma, attenzione", rief Beni hinterher. Da drehten sich die jungen Männer um und wollten auf sie losgehen.

Als diese die zwei Uniformen sahen, waren sie perplex. „Perche", fragte Beni. „Der scheiß Schwarze hat hier nichts zu suchen, die klauen doch alle und gehören nicht hier her", antwortete einer der jungen Männer. Dann passierte etwas mit dem selbst Beni nicht gerechnet hatte.

Adi wurde wütend: „Niemand auf dieser Welt sollte wegen seiner Hautfarbe oder seines Glaubens geschlagen werden! Das gab es alles schon einmal und wir waren schuld daran. Das soll niemals mehr passieren hört ihr, niemals! Denn es bringt rein gar nichts. Und jetzt haut ab!" Die jungen Männer liefen davon und sie kümmerten sich um den Schwarzen. Als sie ihn wieder aufgerichtet hatten, schleppten sie ihn in ihr Appartement um seine Verletzungen bei Licht zu betrachten.

Gott sei Dank war es nicht schlimm. Sie verarzteten ihn und er konnte nach Hause gehen.

„Adi, was ist mit dir los? So etwas hätte ich nie von dir gedacht!" „Ich habe viel nachgedacht. Wie viele Menschen durch meine Fehler sterben mussten ist eine große Schande und lastet auf mir. Ich will, dass Europa eins wird und jeder hier leben kann, der es möchte. Ohne Hass und ohne Krieg."

Beni war stolz auf ihn, denn auch er hatte vor langer Zeit seine Einstellung zum Faschismus grundlegend überdacht. Am nächsten Tag stand der Termin für den Werbedreh an. Adi hatte von dem Werbemenschen die Adresse des Studios bekommen in welchem der Spot gedreht werden sollte und sie planten gemeinsam nach Cesena zu fahren.

Kapitel X– Das Deo gegen Rechts

Es war kurz nach 10.00 Uhr morgens als sie in Benis Lancia stiegen und sich auf den Weg nach Cesena machten. Beide waren gespannt was sie erwarten würde. „Was glaubst du, Adi, was sie machen werden?" „Der Typ sprach von Werbung für ein Kosmetikprodukt. Er meinte ich solle auf jeden Fall meine Uniform mitbringen und es würde ein Knaller werden."

„Na, da bin ich mal gespannt, wie so ein Knaller aussieht." Beide waren recht maulfaul heute Morgen und schwiegen sich eher an, als Konversation zu betreiben, bis sie auf der Straße einen Schwarzen sahen.
„Weißt du Beni, das heute Nacht hat mir irgendwie die Augen geöffnet.
Mir ist klar, dass ich nichts rückgängig machen kann aber irgendwie kann ich vielleicht etwas für eine friedvollere Zukunft beisteuern."
„Meinst du das ernst, ich dachte du wolltest ganz Europa übernehmen?" „Naja, vielleicht habe ich mich ja geirrt und es ist besser sich für Frieden und gegen ‚Rechts' zu engagieren." „Na da bin ich ja mal gespannt, wie gerade du das anstellen willst.", lachte Beni.

Beide schwiegen wieder. Kurz drauf bogen sie in die Einfahrt des Studios ein.
Sie meldeten sich beim Pförtner an und wurden dann von einer ziemlich rassigen Italienerin im Minirock abgeholt. Im Studio wartete auch schon der Werbe-

fuzzi auf sie. „Buon Giorno, mein Name ist Giacomo Peruchieri, ich leite die Werbeagentur."

„Benito Mussolini und das ist mein Freund Adolf Hitler", rutschte es Beni raus.

Nach einem kurzen Moment der Stille brüllte das ganze Studio vor Lachen.

„Herr Reltih, wo haben sie denn den aufgetrieben, das ist ja phantastisch!" Ich sehe schon eine ganze Serie von Werbespots vor mir. Das wird eine wundervolle Zusammenarbeit.

Aber nun zu unserem heutigen Projekt. Adalbert, ich möchte gerne, dass sie sich dort vor die blaue Wand stellen, den Hitlergruß machen und folgenden Satz aufsagen: „Transpirator, wenn die Parade einmal länger dauert." Adi dachte nicht lange nach, er hatte nur das Geld im Kopf.

Also stellte er sich auf die Stelle, die ihm gezeigt wurde und hob seinen rechten Arm zum Gruß und sprach den Text in dem ihm eigenen Dialekt.

„Großartig, das ist großartig, einfach phänomenal diese Ähnlichkeit!"

So, dann gehen Sie mal darüber in die Maske und ziehen sich ihre Uniform an, dann machen wir die erste Probeaufnahme."

Wenige Minuten später kam Adi aus der Maske. In voller Montur stellte er sich auf die bekannte Stelle. „Halt Moment, da fehlt noch etwas." Ein Assistent ging zu ihm hinüber und sprühte seine Achseln mit Wasser ein. „So jetzt, alles auf Anfang uuund Action." Adi haute seine Hacken zusammen machte den besten Gruß und begann zu sprechen. „Diktator, der beste aller Zeiten."

„Haaalt, stop, cut! Es heißt Transpirator, falls die Parade einmal länger dauert, verstanden?
Ok, alle auf Anfang." Wieder schlug Adi die Hacken zusammen und begann zu sprechen: „Rollator, falls die Panada einmal enger wird." „Haaalt, cut."
„Eben haben Sie es doch genau richtig gemacht, jetzt stellen Sie sich doch bitte nicht so an. Also alles auf Anfang und Action."
Wieder stand Adi stramm, machte den Gruß und begann zu sprechen: „Transpirator, falls die Parade einmal länger dauert." „Cut, perfekt. So Adi, hier ist ein Deospray, das stecken Sie sich in die Tasche und nun machen Sie Folgendes:
Sie drehen sich kurz nach rechts, ziehen es mit ihrer linken Hand heraus und sprühen es sich so auf die rechte Achsel." Giacomo machte ihm alles genau vor. „Dann sagen Sie folgenden Satz: Einfach in der Anwendung schützt die Haut, ist gut zur Umwelt und passt in jede Männertasche."

Adi ließ die Szene nochmals vor seinem geistigen Auge ablaufen, dann steckte er das Deo in seine Tasche. „Also alle auf Position uuund Action."
Adi drehte sich nach rechts, wie vereinbart und zog das Deo aus der Tasche, dann hatte er alle Hände voll zu tun, es in die richtige Position zu bringen. Letztendlich fiel es ihm runter. „Stoop, cut. Versuchen Sie es bitte noch einmal. Beni hob ihm das Deo auf und er steckte es wieder in seine Tasche.
„Uuuund Action." Adi machte die eleganteste Drehung die möglich war, zog das Deo schnittig aus der Tasche und sprühte sich die rechte Achsel ein, dann begann er mit seinem Spruch: „Einfach in der An-

wendung, schützt die Haut, ist gut zur Umwelt und passt in jede Männertasche."

„Cut, Bravo, das war einwandfrei."

„Bekomme ich jetzt mein Geld?", fragte Adi." „Sicherlich, aber vorher machen wir noch eine Aufnahme von ihrem Freund hier." Beni schaute etwas verwundert. „Bringt die italienische Uniform aus dem Fundus und zieht sie ihm an." Beni zog die Uniform an und ging auch kurz in die Maske. Als er zurückkam, fragte er Giacomo was er nun tun sollte.

„Ganz einfach, Sie stellen sich auch hierher und sagen: Ich nehme es auch gegen die italienische Hitze und dann ziehen Sie das Deo aus der Tasche und halten es in die Kamera.

Also Probeaufnahme. Los machen Sie." Beni ging auf die Position, stellte sich in seiner üblichen Pose hin und sprach den Text: „Ich nehme es auch gegen die italienische Hitze."

Dann versuchte er das Deo aus der Tasche zu holen, eine ziemlich komische Situation, denn es misslang ihm und letztendlich fummelte er es mit zwei Händen hervor und dann bekam er es nicht richtig zu halten und es fiel auch ihm herunter.

„Bitte entschuldigen Sie, ich mache es gleich noch einmal." „Also, alles auf Anfang uuund Action, lass die Kamera mitlaufen." Zurück in Position stellte sich Beni diesmal noch typischer hin machte seinen Spruch und hielt das Deo perfekt in die Kamera.

„Cut, wunderbar, genauso wollte ich es haben, das wird dem Kunden sehr gefallen."

Adi stand nachdenklich hinter der Kamera, ihm gefielen einige Details nicht und er hatte eine Idee. „Herr Peruchieri, ich habe einen Vorschlag." „Ja bitte und wie soll der aussehen?" "Ich würde vorschlagen, wir entfernen unsere Parteiabzeichen, also die Armbinden und nehmen andere. Die sollten die Aufschrift haben: „Gegen Ausländerfeindlichkeit.

Was halten Sie davon?" Giacomo dachte kurz nach und ihm gefiel die Idee. „Ein sehr guter Vorschlag, so machen wir auf aktuelle Probleme aufmerksam. Gigi!", rief er. Gigi war ein Requisiteur.

„Mach zwei solcher Armbinden und dann drehen wir alles noch einmal.

Gesagt, getan. Nach einer Stunde waren die beiden neuen Armbinden fertig und die Szenen wurden erneut gedreht. „Perfekt, das wird meinem Kunden bestimmt gefallen." Beni wollte nun wissen wie denn das Ganze nun aussehen würde.

„Wir spielen einige alte Szenen auf der Bluebox ein, dann sieht es nach einer echten Parade aus und Sie zeigen wir vor dem Dogenpalast in Venedig. Kommen Sie, wir gehen in den Schneideraum, dann können Sie sich das ansehen.

Im Schneiderraum war ein Cutter bereits damit beschäftigt alles möglichst wirkungsvoll zu überschneiden. Am Ende waren alle verblüfft über das Ergebnis. Die Szene startete mit einer Parade und dann wurde Adi gezeigt, gleich danach wurde der Dogenpalast eingeblendet und Beni dazu geschnitten. Am Ende sah man eine große Menschenmenge die immer wieder „Transpirator" brüllte. Im Werbespot waren die Armbinden sehr deutlich zu erkennen. Alle waren zufrieden.

„Ich melde mich bei ihnen, sobald ich mit meinem Kunden gesprochen habe. Dann bekommen sie auch Ihr Geld", verabschiedete Giacomo sie.

Auf dem Weg zum Auto sagte Adi zu Beni: „Siehst du, das ist Propaganda und nun hat sie auch ihren richtigen Sinn gefunden."

In den nächsten Tagen arbeiteten beide viel in der Bar und sowohl der Verkauf als auch die Shows der beiden Damen liefen sehr gut. Eines Morgens klingelte Benis Telefon: „Pronto."
„Hier ist Giacomo Peruchieri, der Kunde hat den Spot genommen, er wird heute Abend das erste Mal ausgestrahlt. Um 20.20 Uhr nach den Nachrichten. Ihren Scheck schicke ich Ihnen mit der Post. Der Kunde hat noch etwas draufgelegt. Es sind nun 25.000€.
Ich habe bereits weitere Anfragen für Werbespots. Unter anderem auch aus Deutschland. Ich melde mich bei Ihnen wegen neuen Terminen."

Beni ballte seine Faust. „Adi, sie haben es genommen und es gibt weitere Aufträge", rief er. Adi grinste bis hinter beide Ohren. Sie hatten es geschafft. Die Bar lief gut und mit den Werbespots sollten sie jede Menge Geld verdienen. Doch das Problem mit der Ausländerfeindlichkeit lag Adi immer noch schwer im Magen.
„Beni, können wir nicht noch mehr tun, ich habe Angst irgendwann kommt wieder so einer wie ich und bringt den Weltfrieden durcheinander, nur weil er denkt Menschen müssten alle der gleichen Rasse abstammen oder den gleichen Glauben haben.
Das ist nicht gut." „Aber was willst du tun?" fragte Beni. „Wir könnten doch eine Stiftung gründen zur Integration von Flüchtlingen und zum Beispiel unse-

ren heutigen Erlös aus dem Verkauf spenden", schlug Adi vor und fuhr weiter fort: „Das machen wir publik und so könnten wir zumindest einen kleinen Beitrag gegen ‚Rechts' leisten.

Und wenn wir durch die Werbespots noch bekannter werden, dann hören uns auch mehr Leute zu und folgen vielleicht unserem Ziel."

„Adi, das ist eine ganz wundervolle Idee, lass uns das tun.", sagte Beni begeistert.

Am Abend in der Bar hatten sie volles Haus. Die Mädchen tanzten und der Verkauf lief sehr gut.

Zur Primetime schaltete Beni den Fernseher ein. Sie wollten den Spot sehen. Die Musik wurde ausgeschaltet und alle blickten gespannt auf den Abspann der Nachrichten. Danach sollte es gleich losgehen. Und wie prophezeit kam der Spot auch. Am Ende gab es den ersten Applaus des Abends.

Beni nutzte nun die Gelegenheit der Aufmerksamkeit, nahm sich das Mikrofon und sprach zu den Gästen: „Liebe Gäste, wir möchten Ihnen mitteilen, dass der gesamte Erlös aus unserem heutigen Verkauf Grundlage für die Stiftung zur besseren Integration von Ausländern sein wird.

Jeder ist eingeladen gerne auch etwas mehr draufzulegen. Umso mehr umso besser." Die Gäste applaudierten und das Geschäft florierte. Nach dem ersten Abend hatten sie bereits 2.000€ für die Stiftung zusammen.

Kapitel XI– Zwei Werbeikonen auf großer Europatour

„Das muss gefeiert werden", sagte Adi als die letzten Gäste gegangen waren. Er holte zwei Flaschen des teuersten Champagners aus dem Kühlschrank und ließ die Korken knallen. Nadja und Paulina gesellten sich zu ihnen und sie feierten bis in die Morgenstunden.

Es vergingen einige Wochen und leider passierte nichts. Sie hatten die Hoffnung schon fast aufgegeben als der Tag der Ausstrahlung von Adis Auswanderungsdoku kam.
Es war nicht viel los in der Bar und so entschlossen sie sich, die Sendung einfach laufen zu lassen. Die meisten Gäste waren Stammgäste, die von der Dokureihe wussten und zusammen starrten alle auf den deutschen Sender. Adi konnte es kaum glauben, aber alle Szenen die gedreht wurden, hatten die Spezialisten des TV-Senders wunderbar zusammengeschnitten und die zwei waren mehr als zufrieden.
„Ich hoffe das ganze gibt unserer Aktion einen weiteren Schub", sagte Beni. Die Saison hatte mittlerweile begonnen und die ersten Frühjahresurlauber kamen nach Paradiso. Und wie erwartet wollten alle in die Bar und Adi besuchen. Am Abend standen die Leute Schlange bis weit auf die Straße.
Das Geschäft florierte und sie konnten vor Arbeit kaum noch atmen, als eines Tages, Adi war gerade dabei die Getränke aufzufüllen, Benis Handy klingelte.
Adi ging für ihn ans Telefon.

„Ja, Reltih hier." „Hier ist Peruchieri, ich habe eine Anfrage für eine Automobilwerbung aus München. Würden Sie das machen?"

„Ist das nur für mich oder für uns beide?" „Für Sie beide. Ich habe Ihnen Flugtickets am Flughafen Rimini hinterlegt. Sie fliegen morgen nach München und mein Geschäftspartner holt sie ab. Alles klar?"

„Ja, wir werden da sein. Wann geht der Flug?"

„Die Maschine startet um 10.30 Uhr."

Nachdem der Werbespezialist aufgelegt hatte informierte Adi gleich Beni und sie freuten sich. Nun mussten sie noch Nadja und Paulina sagen, dass sie in den nächsten Tagen die Bar alleine führen mussten, aber das war kein Problem und am nächsten Morgen bestiegen sie pünktlich den Flieger nach München.

Was sie nicht wussten war, dass die Doku über Adis Auswanderung bereits eine große Menge an Fans gefunden hatte und die Werbeagentur hatte einen riesigen Empfang am Flughafen organisiert.

Als sie ihr Gepäck abgeholt hatten, gingen sie hinaus in das Terminal. Dort wurden Sie mit großen Plakaten empfangen und ringsum klickten die Kameras und Reporter stürmten auf sie zu. „Herr Reltih, wir haben gehört Sie machen einen Werbespot in München. In Italien sollen Sie angeblich eine Binde gegen ‚Rechts' und für Ausländerfreundlichkeit getragen haben, werden Sie das wieder tun?", fragte ein Reporter und hielt Beni das Mikrofon unter die Nase.

„Selbstverständlich, wir wollen etwas gegen die Feindlichkeit unter den Menschen tun und darauf aufmerksam machen. Genau aus diesem Grund werden wir Flüchtlinge in Deutschland auch finanziell mit unserer Stiftung unterstützen." Ein anderer Reporter fragte von weiter hinten: „Sie haben große Ähnlichkeit mit zwei Diktatoren, finden sie dies nicht sehr kontrovers gleichzeitig gegen Ausländerhass zu protestieren?" „Genau das wollen wir zeigen. Jeder kann sich ändern und vielleicht hätten sich auch die zwei Diktatoren eines Tages geändert. Das wollen wir auch im Kopf der Menschen erreichen."

Ein Mann trat aus der Menge hervor und schüttelte ihnen die Hand. „Max Heister mein Name - ich arbeite mit Herrn Peruchieri zusammen. Ich bringe Sie ins Studio." Zusammen mit Herrn Heister kamen auch zwei Bodyguards, die ihnen den Weg durch die Menschenmasse bahnen sollten.

Es dauerte 30 Minuten bis sie an der wartenden Limousine ankamen. Das laute Gekreische der Fans verstummte, als sie die Türen zuschlugen und sie hörten nur noch das leise Summen des 8-Zylinders, der sie in die Stadt fuhr.

Am Studio wartete bereits der nächste Pulk an Reportern und Fans auf sie. Als Adi die Türe öffnete, wurde ihm bereits das nächste Mikro ins Gesicht gehalten. „Heute Abend ist eine Veranstaltung gegen die deutsche Flüchtlingspolitik geplant, werden sie dort hingehen?", fragte der Reporter.

„Wenn das so ist, werden wir dort hingehen. Ich werde mich erkundigen wo das ist, kommen Sie dann ruhig dazu mit ihrem Kamerateam."

Die zwei Bodyguards kämpften beide ins Studio. Dort standen zwei nagelneue Luxuslimousinen eines deutschen Autoherstellers und der Vorstand des Konzerns begrüßte sie persönlich: „Schön, das Sie da sind. Wir hoffen Sie hatten eine angenehme Reise?" „Ja es war zwar anstrengend, aber ich hoffe es hat sich gelohnt", sagte Beni.

Herr Heister kam hinzu und teilte ihnen den Plan für die Werbeaufnahmen mit: „Wir machen heute nur Probeaufnahmen und ein paar Testläufe.

Jeder von ihnen soll sich neben die Limousine stellen und die Vorteile des Fahrzeuges erklären. Dazu haben wir hier vorne zwei Monitore auf welchen der korrespondierende Text abläuft, den sie sprechen sollen.

Am Ende des Texts steigen sie in die Fahrzeuge und zeigen den Daumen hoch aus dem Fenster in die Kamera. Wir werden die Aufnahmen heute Nacht auswerten und entscheiden, ob wir das so morgen drehen werden oder noch etwas verändern.

Haben Sie das alles soweit verstanden?" Adi und Beni nickten. „Dann gehen Sie jetzt bitte in ihre Garderoben und ziehen die Uniformen an. Die zwei Damen werden Sie dann noch schminken und wir können sofort beginnen."

Zurück aus der Garderobe trugen beide wieder ihre Uniformen mit den Armbinden gegen Ausländerfeindlichkeit. „So, stellen Sie sich bitte auf ihre Positionen und beginnen mit den Texten", sagte Herr Heister zu ihnen.

Es brauchte lange drei Stunden bis alles so war, wie es sich der Konzernvorstand vorstellte. Daraufhin gab er beiden die Hand und verabschiedete sich. „Sie können sich nun umziehen und unsere Limousine bringt Sie ins Hotel."

„Beni was meinst du, lassen wir die Uniform an? Es könnte sich positiv auswirken, wenn wir auf diese beschämende Veranstaltung gehen." Beni nickte und sie erzählten Herrn Heister von ihrem Plan. „Meine

Herren, ich bewundere ihren Mut. Lassen Sie mich noch ein paar Fernsehsender anrufen und ihnen meine Bodyguards mitgeben. Nur für den Fall der Fälle."

Es war bereits 20 Uhr, als sie in die Limousine stiegen und in Richtung Zentrum fuhren, wo die Veranstaltung stattfinden sollte.

Aus der Ferne konnten sie bereits die Menschenmenge erkennen, die vor einem Zeltwagen stand und einem wild gestikulierenden Mann zuhörte.

„Bist du bereit?", fragte Beni seinen Freund. „So bereit wie noch nie, lass uns dem Ganzen ein Ende setzen." Die Bodyguards stiegen aus und halfen den Zweien durch die Menge. Sie wurden von allen Seiten begutachtet, doch keiner sagte etwas zu ihnen. Als sie an der Bühne angekommen waren, schaute der Redner verdutzt auf sie hinunter.

„Sehen Sie meine Damen und Herren, es gibt weitere Gleichgesinnte", schrie er wie verrückt ins Mikrofon. Dann reichte er beiden die Hand und versuchte sie auf die Bühne zu ziehen. Erst als beide oben waren erblickte er die Armbinden. Doch er konnte es nicht mehr verhindern.

Die Bodyguards schoben ihn auf die Seite und Adi ergriff das Mikrofon. Er war in seinem Element, als eine erschreckende Stille durch die Masse ging.

„Wer von ihnen musste schon einmal in einem Kugelhagel leben oder zusehen wie sein Haus zerbombt wird? Wer von ihnen musste schon einmal zusehen, wie sein Kind vor Hunger zusammenbricht? Ich frage Sie, wer von ihnen möchte gerne so etwas erleben und sucht keine Hilfe?

Glauben Sie wirklich, dass Sie es dann verstehen könnten, wenn Sie Hilfe suchend in ein anderes Land fliehen, dass man ihnen Hass entgegenbringt?

Diese Witzfigur hier, die Propagandamittel einsetzen will, von denen er nicht einmal im Ansatz weiß, was er damit anrichten kann, versucht Sie zu belügen und zu täuschen. Er versucht Sie nur für sich zu gewinnen um Macht zu bekommen.

Macht über ein Land, was wegen seiner Geschichte genug eigene Flüchtlinge hatte.

Er interessiert sich nicht für ihre Not und ihre Angst, er nutzt sie nur schamlos aus. Jeder der hier steht, sollte sich schämen diesen hasserfüllten Worten zuzuhören.

Gehen Sie nach Hause und fragen sich lieber, wie Sie den armen Menschen helfen können." Die Bodyguards hatten einstweilen bereits viel damit zu tun, ein paar Skinheads von der Bühne fernzuhalten und die Polizei kam hinzu. Doch Adi war nicht zu bremsen.

„Dieser Abend soll ein Neuanfang sein, ein Neuanfang gegen den Hass. Den Hass, der nur Krieg und Gewalt über alle Menschen bringt. Und dieser Krieg hätte keinerlei Sinn, er würde nur den Tod für viele Unschuldige bedeuten. Gehen Sie nach Hause und fragen Sie sich nochmals, wie Sie den armen Menschen aus zerstörten Ländern helfen können."

Adi gab das Mikrofon an Beni weiter. Auch er wollte nun einige Worte an alle richten. „Wie viele Italiener sind unter ihnen", fragte er. 30 Teilnehmer hoben ihre Hand. „Sind Sie nicht auch Ausländer in Deutschland. Müssten Sie nicht auch von hier weg?

Schämen Sie sich nicht in einem fremden Land gegen Flüchtlinge zu protestieren? Gehen Sie nach Hause und fragen Sie sich wie Sie den armen Menschen helfen können."

Es geschah etwas woran niemand geglaubt hätte. Die Menschenmenge löste sich tatsächlich auf und übrig blieb ein verunsicherter verängstigter Rechtsradikaler, dessen Argumente verpufft waren.

Adi drehte sich zu ihm um: „Und wenn ich Sie noch einmal irgendwo sehe wie sie versuchen mich zu kopieren, mit ihren Redensarten und ihrer Gestik, werden Sie mich kennenlernen, das verspreche ich Ihnen und nun machen Sie sich mit ihren Glatzen und dem ganzen Scheiß vom Acker."

Adi packte ihn am Kragen und schrie ihn noch einmal an: „Haben Sie das verstanden?"

Der Mann wurde kleinlaut und quetschte sich nur ein „Ja" heraus. Adi und Beni stiegen von der Bühne hinunter und ließen sich von den Bodyguards zurück zur Limousine begleiten.

Adi murmelte nur in seinen nicht vorhandenen Bart: „Was für ein widerlicher Typ. So ein Subjekt gehört weggesperrt und zwar für immer."

Auf dem Weg kamen erneut einige Reporter auf sie zu. „Sind sie zufrieden mit dem Ergebnis?", fragte der eine. Beni antwortete: „Zufrieden können wir erst sein, wenn die Gefahr, die von solchen Protagonisten ausgeht, vollständig gebannt ist."

„Werden Sie weiter kämpfen?", fragte ein anderer. „Wir werden alles tun was in unserer Macht steht, glauben Sie mir das. Unsere Stiftung „pro Flüchtlinge" wird die armen Menschen auch finanziell unterstützen", antwortete Adi.

Endlich hatten sie die Limousine erreicht und stiegen ein. Traditionell wurden sie in den Bayerischen Hof gebracht, wo für sie eine Suite reserviert war. Natürlich alles auf Kosten des Automobilkonzerns.

Zufrieden zogen sie sich kurze Zeit später aus und schalteten den Fernseher ein. In den Nachrichten wurde über sie berichtet.

Nach dem Bericht folgte ein kurzes Interview mit dem bayerischen Ministerpräsidenten. „Herr Ministerpräsident, heute gab es einen Zwischenfall auf einer Veranstaltung gegen die deutsche Flüchtlingspolitik, was halten Sie davon?"

„Ich habe davon gehört und kann es nur begrüßen, wenn Menschen aufstehen und sich derart einsetzen. Meine Parteifreunde und ich haben heute entschieden, die Herren auf eine Parteiveranstaltung einzuladen, um auszuloten, wie wir die angesprochene Stiftung „pro Flüchtlinge" unterstützen können.", sagte der Ministerpräsident.

Adi und Beni staunten nicht schlecht. „Wer ist das, Beni?", fragte Adi. „Ich weiß es nicht, vielleicht Franz-Joseph Strauß. Nach dem ist doch auch der Flughafen benannt worden, oder?" „Genau, der muss das sein, wer denn sonst?"

„Er will mit uns und seinen Parteifreunden sprechen. Unglaublich, oder? Da haben wir was losgetreten!", staunte Beni.

„Gespräche über Politik, dass ich das nochmal erleben darf. Jetzt können wir endlich etwas bewegen und bekommen vielleicht Unterstützung."

Die zwei diskutierten noch einige Stunden und schliefen dann friedlich ein. Am nächsten Morgen sollte sie die Limousine gegen 9.00 Uhr im Hotel abholen. Frisch rausgeputzt warteten Sie vor dem Hotel auf das Eintreffen des Fahrers. Diesmal hatten sie ihre Uniformen in der Tasche.

Die Limousine fuhr vor und sie stiegen ein. „Ist schon sehr komfortabel oder? Wir können hier einander gegenüber sitzen, hier ist frisch gekühlter Champagner, leise Musik und alles riecht so angenehm. Daran könnte ich mich gewöhnen", sagte Adi.

Im Studio angekommen, warteten alle bereits auf sie. Herr Heister begrüßte sie freundlich und gratulierte ihnen zu ihrem Auftritt.

„Das war großartig und wissen Sie was, wir haben die direkt folgende Sendezeit für unseren Werbespot buchen können. Er wird morgen nach den Nachrichten das nächste Mal erscheinen.

So bekommen wir die positive Brücke in den Köpfen der Leute hin und eine Verbindung zur Automarke. Wir sind gegen Ausländerfeindlichkeiten. So und jetzt ziehen Sie sich um und wir fangen an."

Ein paar Minuten später standen beide auf Position. Es war eine ziemliche Quälerei bis der Spot im Kasten war. Angefangen von Versprechern bis zu eingeklemmten Armen in den elektrischen Fenstern ging alles schief was schiefgehen konnte.

Doch zu guter Letzt war alles im Kasten und Herr Heister war zwar genervt, aber zufrieden.

„So meine Herren, hier sind ihre Flugtickets für morgen. Mein Fahrer wird sie zurück in die Stadt bringen und morgen zum Flughafen. Ich wünsche Ihnen eine gute Heimreise und genießen Sie den Abend in München. Wir melden uns, wenn wir weitere Anfragen bekommen."

Sie gaben sich rundum die Hände und Adi und Beni wurde zurück ins Hotel gebracht. An der Rezeption gab ihnen die Concierge eine Nachricht. „Zeig her, was steht drauf?" fragte Adi. „Wir laden Sie für morgen 10.00 Uhr in die bayerische Staatskanzlei zu einem informellen Gespräch ein", las Beni.

„Bitte entschuldigen Sie" fragte Adi die Concierge, „Wer ist das bitte?" Sie musste schmunzeln. „Das ist unser Ministerpräsident."

„Ach so natürlich, wer auch sonst." Sie drehten sich um und gingen zum Aufzug. Adi flüsterte zu Beni: „Hat der den Strauß gestürzt?", fragte er besorgt. „Ich weiß es nicht. Komm wir gehen ins Bett ich bin schon sehr müde.", brummte Beni.

Kapitel XII– Zurück in der Politik

Nach einer erholsamen Nacht nahmen die beiden um acht Uhr ihr Frühstück zu sich. Es gab Eier Benedikt, etwas Speck, Croissants, Käse und Wurst. Beide träumten von Gian-Lucas Cappucino und den wunderbaren Brioches.

„Wir sollten noch den Werbeheini anrufen, dass wir heute noch nicht fliegen", sagte Beni.
„Darum kümmere ich mich gleich, schau Nachrichten", raunzte Adi. In den Nachrichten sah man erneut den bayerischen Ministerpräsidenten, wie er die deutsche Flüchtlingspolitik beklagte und auf seine altbekannte Manier forderte, Verdächtige sofort in ihr Land zurückzuschicken. „Ha, wir sind hier in Bayern, da gehen die Uhren noch anders", frotzelte Adi.

„Herr Bachhuber" fragte die Reporterin. „Wie steht Bayern zu den Ereignissen am Silvesterabend in Köln?"
„Wissen Sie, so etwas muss ja in einem von der SPD regierten Land passieren. Wir hätten die Domplatte mit einer 300-Hundertschaft geräumt und nichts wäre passiert. Nicht mit uns. Und nicht umsonst ist der G7-Gipfel so oft schon in München gewesen. Wir in Bayern bieten Sicherheit und Frieden."

„Vielen Dank, Herr Bachhuber für diese ehrlichen Worte und zurück ins Studio."
„Der Mann gefällt mir, klare Meinung, klares Handeln", sagte Beni.

Adi ging zum Telefon und rief beim Werbemenschen an: „Ja - hallo, Sie, entschuldigen Sie bitte. Wir fliegen erst morgen zurück und äh könnten Sie vielleicht die Flugkarten umschreiben lassen, wir haben heute noch eine Einladung beim Ministerpräsidenten?", fügte er erklärend hinzu.

„Aber Herr Reltih, das ist doch kein Problem. Brauchen Sie die Limousine heute?"

„Ja ich denke schon. Es wäre gut wenn der Fahrer um 9:45 Uhr hier wäre.", freute sich Adi. „Das geht in Ordnung, ich schicke ihn vorbei und die umgebuchten Flüge lasse ich bei ihnen im Hotel hinterlegen." „Vielen Dank und auf Wiederhören." „Auf Wiederhören."
Sie legten auf und Adi setzte sich wieder zu Beni an den Tisch.

„Na da bin ich ja mal gespannt, was der Delinquent zu sagen hat", merkte Beni an.

Pünktlich um 9:45 Uhr standen sie fertig angezogen vor dem Baycrischen Hof und die schwarze Limousine fuhr vor. Der freundliche Chauffeur stieg aus und hielt ihnen die Türe auf. „Guten Morgen meine Herren, bitte einzusteigen", sagte er.
Die zwei ehemaligen Volksführer stiegen ohne Worte ein.

„Wohin darf ich Sie bringen?"

„Fahren Sie uns in die bayerische Staatskanzlei", sagte Adi und machte dabei so eine großherzogliche Handbewegung. „Ich könnte mich daran gewöhnen, fast wie früher, meinst du nicht Adi?" schwärmte Beni „Ja, sehr staatsmännisch.", gab Adi zu.

„Aber deswegen sind wir nicht hier."

Wir haben etwas gut zu machen und müssen Europa vor einer erneuten Spaltung bewahren und den armen Menschen aus den Kriegsgebieten helfen."

Einige Minuten später fuhr die geballte Ladung politischer Erfahrung vor und zwei Herren in schwarzen Anzügen öffneten ihnen die Türen und ließen sie aussteigen.

„Guten Morgen, meine Herren. Bitte folgen Sie mir" sagte der eine.

Er ging in die Staatskanzlei und die zwei Gäste folgten ihm. Es ging drei Stockwerke über die alten Holztreppen hinauf und dann öffneten sie eine große Türe. „Bitte gehen Sie hier hinein, Sie werden dann abgeholt."

Die Türe schloss sich wieder hinter ihnen und sie setzten sich auf ein schönes altes Biedermeier-Sofa. Plötzlich öffnete sich nicht die Türe zum Büro des Ministerpräsidenten, sondern die Wand gegenüber. Eine Stimme rief ihnen auf bayerisch zu: „Kommen Sie doch herein!" Sie standen auf und gingen in einen wunderbar getäfelten Raum, der etwas von einem Thronsaal hatte.

„Mein Name ist Bachhuber", kam ihnen einer der Anwesenden entgegen. Adi und Beni streckten ihm freundlich die Hand aus. „Malguzzini, buon Giorno." „Guten Morgen, Reltih mein Name."

„So meine Herren, das hier sind Frau Kohlberger, Herr Klöter und Herr von Kluttenburg, alles treue Parteigenossen. Bitte setzen Sie sich doch."

Adi entdeckte sehr schnell das Mahagoni-Ei, welches hinter dem großen Schreibtisch stand. Er stieß Beni mit dem Ellbogen an und flüsterte ihm ins Ohr: „Siehst du das Ei, was soll das? Wer kommt jetzt da daher. Wenn der uns enttarnt, dann ist alles aus!"

Eine Zugangstüre öffnete sich und herein kam ein etwas dicklicher aber zugleich stattlicher Mann mit einer großen eckigen Hornbrille.

„Nun meine Herren, ich denke Sie wissen, wer ich bin. Und ich weiß, wer Sie sind. Wir teilen das gleiche Schicksal. Horst, nimm dir einen Zettel und schreib auf.", befahl er. „Franz-Joseph immer noch bin ich der Ministerpräsident und nicht mehr dein Sekretär.", sagte Horst beleidigt.
„Dass Sekretäre heute schon Ministerpräsidenten werden können, wundert mich doch und jetzt halt die Klappe und schreib was ich sage.
Und nun zu euch beiden", wandte er sich Adi und Beni zu.
„Ihr habt ein Riesenglück, dass ich selbst nicht entdeckt werden will, sonst würde ich euch der Polizei übergeben. Aber ich sehe da eine gewisse Chance, dass ihr bei dem Flüchtlingsproblem helfen könnt und wir endlich diese rechten Idioten loswerden. Eure Stiftung, hat die eigentlich auch einen Stiftungsrat? Ich habe hier zwei sehr feine Politiker, die mal gestolpert sind und einen Job brauchen." „Aber Papa, ich dachte ich bekomm das Bildungsministerium zurück.", jammerte eine Frau „Sei still Monika, du tust was dir gesagt wird." fuhr Franz-Joseph sie an.

146

„Also,", fuhr er fort, „meine Tochter und dieser pomadige Schnösel werden in ihrem Stiftungsrat aufgenommen und der politische Arm der Flüchtlingshilfe. Dafür sorgen wir dafür, dass Sie von jeder politischen Veranstaltung erfahren, die sich für Rassenhass oder gegen Ausländer ausspricht.

Wir werden eine schlagkräftige politische Spezialeinheit aufbauen, die Sie in jede der Veranstaltungen einschleust und Ihnen zu Wort verhilft. Was halten Sie davon?"

„Papa, du willst gemeinsame Sache mit diesen Diktatoren und Volksverbrechern machen?", echauffierte sich Monika erneut.

„Halt die Klappe Monika, wenn es hilft und wir zu Frieden zurückkehren können, warum nicht?", bestimmte Franz-Joseph. „Klöter, Sie kennen doch bestimmt noch jemanden vom Verfassungsschutz, oder? Die arbeiten doch eng mit dem Verteidigungsministerium zusammmen?"

„Ja, Herr Ministerpräsident.", kam es promt zurück. „Also organisieren Sie das!" „Hast du alles aufgeschrieben Horst?" Franz-Joseph war kaum zu bremsen. „Ja Franz ich hab alles.", sagte Horst brav. „Dann zeig mal her!", bellte Franz-Joseph.

Horst gab ihm seinen Notizzettel. „Also eins muss ich sagen, wenigstens schreiben konnte der Edi vernünftig. Da sind ja lauter Rechtschreibfehler drin!", meckerte Franz-Joseph. „Hier Monika, korrigier' ihm das, du willst doch Bildungsministerin sein.", sagte er dann süffisant.

„Also meine Herren, was sagen Sie?" wandte er sich dann an Adi und Beni.

Adi und Beni schauten sich an. Sie wussten um ihre kritische Situation und willigten ein. „Also, wir machen das", sagte Beni. „Aber nur unter Protest", ergänzte Adi.

„Gut dann sind wir uns einig. Jetzt fahren Sie erst einmal nach Hause und wir melden uns, wenn wir genaue Orte und Zeitpunkte kennen. Und denken Sie immer dran. Wir haben uns nie gesehen. Und jetzt Horst, bringst ma a Maß und a boar Weisse."

Die zwei Männer mit den schwarzen Anzügen wiesen ihnen den Weg hinaus und die geheime Wand verschloss sich wieder.

Der Fahrer wartete bereits auf sie. „Ich habe den Auftrag, sie zurück ins Hotel zu bringen, dort wartet bereits jemand auf sie." Verwundert schauten sie sich an und stiegen ein.

Im Hotel angekommen, empfing sie bereits eine Horde von Fotografen und Reporter.

„Herr Malguzoni, werden Sie eine Hauptrolle im neuen Film von Fritz Schmeichelberger spielen? Welche Rolle bekommen Sie, Herr Reltih?", fragten die Reporter.

Die zwei Bodyguards, die sie bereits erwarteten, schirmten sie ab und sagten nur; „Kein Kommentar." Dann geleiteten sie die beiden zum Aufzug und sie fuhren hinauf zu ihrer Suite. Als sie hineintraten, saß dort ein Mann im Trenchcoat mit einem schwarzen Schlapphut.

„Guten Tag meine Herren, mein Name ist Fritz Schmeichelberger, ich bin Filmproduzent", begrüßte sie der unbekannte Mann und schnippte dann mit den Fingern. Zwei sehr ansehnliche junge Damen brachten Champagner und schenkten ein.

„Ich habe ihre Werbespots gesehen und muss sagen, sehr authentisch. Ich mache einen Dokumentarfilm über das dritte Reich und die Beziehung zwischen Adolf Hitler und Benito Mussolini. Sie sind die idealen Darsteller, was meinen Sie, wollen Sie das machen?"

Wie zwei Chorknaben saßen die beiden Nachwuchsschauspieler in den großen Ledersesseln und staunten nicht schlecht.

„Ich zahle Ihnen jeweils 50.000€ pro Drehtag!", bot ihnen der Produzent an.

Die Zahl zauberte ein Grinsen in ihr Gesicht und sie nickten einvernehmlich. „Sagen wir 60.000€ und wir sind dabei", verhandelte Beni.

„Einverstanden", sagte Schmeichelberger und hielt ihnen seine Hand entgegen. Sie schlugen ein.

„So, nachdem wir das erledigt haben, lasse ich den Vertrag von meinem Juristen aufsetzen. Diese zwei Damen stehen Ihnen den ganzen Tag zur Verfügung. Morgen fahren Sie erst einmal nach Hause und wir starten nächste Woche in Venedig.

Bitte seien Sie pünktlich am Mittwoch am Dogenpalast. Guten Tag." Der Mann stand auf und verschwand. Die zwei Damen setzten sich auf ihrem Schoß und kraulten sie anmutig.

Dabei unterließen sie es nicht, den Herren Einblick in ihr stattliches Dekolleté zu gewähren. Beide mussten an Nadja und Paulina denken.

„Nun ich denke, sie sollten sich einen vergnüglichen Tag machen und sich nicht an zwei alte Männer verschwenden", sagte Adi.

Er griff in seine Tasche und nahm 200€ heraus. „Hier nehmen Sie und vergnügen Sie sich." „Die zwei Damen lächelten und die eine sagte: „Gerne, aber bitte nicht vergessen, heute Abend ist die Dinner Party mit Herrn Schmeichelberger, dort müssen wir hingehen. Wir werden um Punkt 19.00 Uhr wieder hier sein und holen sie ab.

Die Mädels standen auf und verschwanden.

„So, endlich Ruhe", sagte Beni. „Aber hübsch waren sie schon. Meinst du es war richtig sie wegzuschicken?"

„Natürlich, denk doch an Nadja und Paulina, wir brauchen solche Dirnen nicht", sagte Adi.

„Ich bin Italiener, ich liebe alle Frauen.", grinste Beni.

„Ja, ihr Italiener, das kann ich mir vorstellen. Nix da wir haben einen ernsten Auftrag und den werden wir erfüllen.", beschloss Adi.

Am nächsten Tag wurde sie zum Flughafen gebracht und flogen nach Hause. Am Flughafen erwartete sie bereits Gian-Luca mit Benis Wagen und sie fuhren nach Paradiso. „Gian Luca, wie schön ist es hier nur. Hast du für uns auch noch einen Cappuccino und ein Brioche, das haben wir vermisst."

„Certo. Und die Sonne scheint auch schon. Es ist warm und ihr könnt an euerm Stammplatz sitzen." Kurz drauf saßen sie vor Gian-Lucas Café und taten was sie am liebsten hatten. Sie schlürften ihren italienischen Kaffee und aßen die noch leicht warmen Brioche. Nadja und Paulina kamen dazu und begrüßten sie aufs herzlichste.

„Paulina, was hast du da?" fragte Beni. „Das ist Post für euch von euren Fans." Sie kippte eine ganze Tüte voller Briefe auf den Tisch und die zwei hatten alle Hände voll zu tun, die Briefe alle zu lesen. Ein Brief ließ sie stutzen. Er war von Don Pasquale und darin stand: „Eure Zeit läuft ab amici, nutzt sie!"

Die Zeilen stimmten sie nachdenklich, sollten sie doch diesen Film machen und Deutschland bei ihren Flüchtlingsproblemen helfen.

„Wie läuft die Bar?" fragte Adi. „Ganz phantastisch, jeden Tag bleibt genug Geld übrig um wieder etwas in die Stiftung einzuzahlen", sagte Nadja. „Und wie viel haben wir nun schon?", fragte Beni. „Mit Euren 2000€ sind es bereits 18.500€. Nicht schlecht oder?", rechnete Ihnen Paulina vor.

„Gut, dann machen wir einen Scheck fertig und spenden 10.000€ für die Flüchtlingsintegration in Bologna", schlug Beni vor. Adi war sofort einverstanden und Beni ging zum Telefon um die örtliche Presse zu informieren.

Am nächsten Tag trafen sich alle in Bologna vor einem Flüchtlingswohnheim und übergaben den Scheck im Großformat an den Leiter der Einrichtung. Die ganze Aktion wurde pressewirksam dokumentiert und erschien kurz drauf in allen italienischen Zeitungen. Stolz lasen sie den Bericht; einige Tage später kurz vor ihrer Abreise nach Venedig.

„Schau Beni, wir haben etwas Gutes getan, lass uns so weitermachen." „Ja, auch mich erfüllt es mit Freude, den Menschen zu helfen."

Die Fahrt nach Venedig sollte einige Stunden dauern und so ließen sie sich von Gian-Luca noch etwas Proviant einpacken und machten sich auf den Weg.

Wie in Venedig üblich, mussten sie das Auto außerhalb stehen lassen und fuhren mit einer Fähre zum Markusplatz. Dort wurden sie bereits erwartet.

„Guten Morgen", begrüßte sie Schmeichelberger.

„Wir haben zwei Stunden, dann sollte die erste Szene abgedreht sein, weil der Platz dann wieder für Touristen geöffnet wird. Sie beide werden hier vor dem Dogenpalast stehen und erzählen, wie sie sich kennengelernt haben. Hier ist ihr Text dazu.

Lesen Sie ihn aufmerksam durch. Wir werden ihn dann auf diesen Monitoren groß einblenden und sie können ihn ablesen. Maske bitte."

Der Produzent drehte sich weg und ging auf den Regisseur zu, um einige letzte Dinge zu besprechen. Adi und Beni wurden auf zwei Stühle gesetzt und geschminkt.

Die Sonne des Frühjahres erwärmte die Luft recht schnell und das Sonnenlicht gab den Gebäuden ein leuchtendes Antlitz. „Text ablesen, so ein Quatsch. Ich glaube wir wissen am besten, was wir zu erzählen haben, oder Adi?", sagte Beni.

„Wir sagen, was wir denken und nicht was auf den Monitoren steht!"

Einige Minuten später bat sie der Regisseur auf ihre Position. „Kamera ab", „Kamera läuft", „und Action."

Adi und Beni begannen von ihrer ersten Begegnung zu erzählen und von den unsicheren Gefühlen die sie anfangs gegenüber einander hatten und von Adis Forderung, Beni solle ihn in Spanien unterstützen indem er Franko stürzen sollte.

Die Crew schaute mit großer Verwunderung zu und ließ das Ganze aber laufen. Nach 10 Minuten sagte der Regisseur „Aus, cut." „Sagen Sie, haben wir Ihnen nicht gesagt, sie sollen von den Monitoren ablesen?" Schmeichelberger unterbrach ihn. „Es ist viel authentischer so, ich fand es gut." „Na schön Sie zahlen, ihr Film.", resignierte der Regisseur. "Ok, dann die nächste Szene: Sie setzen sich nebeneinander in diese historische Limousine und wir filmen Sie, wie Sie durch Venedig fahren."

Gesagt, getan: Adi und Beni setzten sich auf die Rückbank des Cabrios und sie setzten sich in Bewegung. Nach zwei Stunden war auch diese Szene abgedreht und der erste Drehtag wurde erfolgreich abgeschlossen.

Es folgten noch zehn weitere Drehtage. Die Reise führte sie bis nach Rom und anschließend sogar in die Abruzzen, wo Beni eingesperrt war.

Dort sollte Adi über die Befreiung erzählen, die er organisiert hatte. Am Ende waren alle mit dem Ergebnis zufrieden. „So, meine Herren, es waren anstrengende Tage und ich hoffe das Ergebnis wird ihnen gefallen. Ich lassen ihnen eine DVD zukommen, wenn wir mit dem Schnitt fertig sind. Die Ausstrahlung wird nicht vor Juli erfolgen.

Der Dokusender gibt uns noch den genauen Zeitpunkt bekannt. Ich melde mich dann bei ihnen.", schloss der Regisseur ab. In den letzten Tagen dachten Adi und Beni allerdings immer wieder an die Zeit in München und warteten gespannt auf einen Anruf aus der bayerischen Staatskanzlei.

Als sie sich auf dem Rückweg von den Abruzzen nach Paradiso machten, klingelte Benis Handy: „Si pronto."

„Hier spricht Bachhuber", im Hintergrund hörte man wie ein Franz-Joseph versuchte ihm das Handy wegzunehmen. „Jetzt gib schon her, ich kläre das!"

„Hier spricht der ewige und alleinige bayerische Ministerpräsident. Kommen Sie bitte nach Dresden, dort wird übermorgen Abend eine Veranstaltung einer dieser schrecklichen Vereinigung gegen Ausländer stattfinden.
Wir haben alles organisiert. Sie werden am Flughafen erwartet. Moment: Bachhuber hoit a moi a Leberkassemmel i hob Hunger. So jetza bin ich wieder da. Haben wir uns verstanden? Übermorgen Abend, Dresden.", befahl Franz_Joseph bayrisch charmant.
„Ja wir haben verstanden, wir werden dort sein.", entgegnete Beni.
Eine Limousine brachte sie zurück nach Paradiso. „Wir müssen noch unsere Uniformen einpacken und ein paar frische Sachen", sagte Beni. „Ja, langsam wird es etwas anstrengend, das Ganze."
„Aber wir haben 600.000€ verdient, das ist doch schon was, oder?", sagte Adi. „Es lohnt sich, wir können eine große Spende machen und das werden wir live auf dieser Veranstaltung tun, was hältst du davon?", fuhr er fort. „Sehr gute Idee, ein genialer Schachzug.", entgegnete Beni.
In Paradiso ließen sie den Wagen vor einer Buchhandlung halten. Adi wollte ein Buch über die Geschichte Deutschlands nach dem 2.Weltkrieg kaufen, um besser informiert zu sein. Er war sich sicher, ihm würden einige Details fehlen.

Er verschlang das Buch noch am selben Abend und erzählte Beni einiges: „Hast du gewusst, dass diese Russen Deutschland nach dem Krieg gespalten haben und es einem kommunistischen Teil gab?

Die ‚deutsche demokratische Republik'. Und dort fahren wir morgen hin. Dresden liegt auf dem ehemaligen Gebiet der DDR.

Die hatten auch einen Diktator. Der hieß Honecker und hat sein Volk im Auftrag der Russen überwacht und unterdrückt.

Doch 1989 wurden die Grenzen geöffnet und kurz drauf war es wieder ein Deutsches Reich, also die Bundesrepublik Deutschland."

„Und die machen nun Hetze gegen Ausländer? Das verstehe ich nicht. Sie müssten doch selbst am besten wissen wie es ist wenn man unter so einem System leidet.", wunderte sich Beni.

„Scheinbar sind sie aber immer noch durch große Arbeitslosigkeit belastet und dieser Treiber der Veranstaltungen nutzt die Unzufriedenheit aus und schiebt es auf die Ausländer.", analysierte Adi „Naja, damit kennst du dich ja am besten aus.

Ich hoffe du gibst dein bestes und redest es ihnen aus.", ermutigte ihn Beni. „Das kannst du mir glauben, ich werde alles geben!

Und jetzt lass uns noch in die Bar schauen. Ich glaube, da müssen wir uns auch mal wieder blicken lassen.", sagte Adi.

Sie machten sich frisch, zogen sich um und gingen zur Bar, die ja nur ein paar Straßen weiter war. Was sie da sahen, war unglaublich.

Nadja und Pauline mussten einen Türsteher engagieren, da die Leute bis auf die Straße hinaus standen um einen Platz zu ergattern.

Sie kämpften sich durch die Menge und gingen hinein. Die Gäste erkannten sie sofort und applaudierten. Sie bedankten sich für den Zuspruch und gaben eine Runde Prosecco für alle aus.

Nadja und Paulina stürmten auf sie zu und sie umarmten sich freundschaftlich. „So geht das nun schon jeden Abend seit dem die Saison begonnen hat und ihr im Fernsehen zu sehen wart, einfach unglaublich.", informierten die beiden sie.

Einige Gäste ließen sich Autogramme geben und andere baten um eine Verkaufstour durch die militärischen Antiquitäten, was die beiden natürlich gerne taten. Sie hatten zu jedem Stück etwas zu erzählen, auch wenn das ein oder andere erfunden war, die Interessenten jubelten vor Begeisterung.

Erst am frühen Morgen gegen fünf Uhr fanden Adi und Beni in ihr Bett.

Um acht Uhr wurden sie von einem lauten Klopfen an ihrer Tür geweckt. Beni quälte sich müde aus dem seinem Bett und öffnete. Vor der Tür stand der Fahrer von Don Pasquale. „Der Pate bittet euch zu sich.", sagte er. „Adi, steh auf, wir müssen zu Don Pasquale.", wandte sich Beni an Adi.

Adi wusste, was es bedeutete wenn der Pate jemanden zu sich bittet und auch wenn er furchtbare Kopfschmerzen hatte, stand er auf und zog sich an und kurz drauf saßen sie in Don Pasquales Limousine. An der Villa angekommen, wurden sie in das Schlafzimmer des Paten geführt.

Dort lag er und neben seinem Bett standen lebenserhaltende Maschinen. Als sie sich ihm näherten, schlug er die Augen auf und sprach leise zu ihnen. „Amici, mein Leben geht zu Ende. Ich büße alle Morde die ich begangen habe, mit den gleichen Schmerzen, die ich den Opfern zugefügt habe.

Das Gleiche wird euch auch ereilen. Aber bis dahin macht weiter mit dem was ihr angefangen habt. Und damit das auch funktioniert, werdet ihr alles erben was mir gehört. Ich möchte, dass ihr euren Plan auch in Gedenken an mich umsetzt."

Dann hörten sie seinen letzten Atemzug und sein Körper zog sich noch einmal im Kampf mit dem Tod zusammen. Am Ende blieb nur das Pfeifen des EKGs, was sein Herz überwachte. Don Pasquale war tot!

Ein Mann im dunklen Anzug kam herein und überreichte ihnen alle Urkunden, die notwendig waren, um seinen Besitz zu übernehmen. „Er hat in letzter Zeit viel über euch gesprochen und zwar nur Gutes über das was Ihr tut. Haltet seinen Besitz in Ehren und rettet Europa vor einem erneuten Hass und vor Unterdrückung der Armen."

Er schüttelte beiden die Hände und dann wurde sie hinaus geleitet. Sie konnten immer noch nicht ganz realisieren, was passiert war. Adi fand als erster zurück zu einigen Worten:

„Ich werde kämpfen bis zum Schluss, das ist sicher."

„Ja, lass es uns mit Ehre und Einsatz zu Ende bringen. Die Zeit rennt uns davon, wir müssen nach Dresden und vorher unbedingt noch zur Bank und den Scheck abholen.", gab Beni ihm Recht.

Sie erledigten was noch, was zu erledigen war und machten sich auf den Weg zum Flughafen. Sie sollten über München nach Dresden fliegen.

Nachdem der Anschluss in München reibungslos funktionierte, landeten sie am Vorabend der Veranstaltung pünktlich in Dresden. Wie vereinbart, wartete eine Limousine der Landesregierung auf sie inklusive zweier Sicherheitsfahrzeuge. Anfangs dachten sie, dass dies doch eher nicht notwendig sei, doch dann sahen die den Auflauf an Skinheads. Im ersten Moment befürchteten sie das Schlimmste, doch es kam ganz anders.

Die Glatzen waren offensichtlich zu blöd, ihren Auftritt in München zu verstehen und jubelten ihnen mit Führerparolen zu. Adi konnte nur mit dem Kopf schütteln und Beni tat seine Verwunderung kund: „Offensichtlich gibt es immer noch Menschen, die nichts gelernt haben."
„Aber auch denen werden wir es noch beibringen", sagte Adi mit großer Überzeugung.

Die Türe der Limousine öffnete sich und sie stiegen ein.

Für die zwei ehemaligen Diktatoren war ein Zimmer im noblen 5-Sterne Hotel „Zur seligen Post" reserviert. Auf dem Weg dorthin teilte ihnen der Fahrer der Limousine mit, dass am gleichen Abend noch ein Abendessen im engsten Kreis der sächsischen Schwesterpartei der Münchner anstand.

Als sie ihr Zimmer bezogen hatten, versuchten sie sich erst einmal einige Minuten auszuruhen. Doch die Ruhe währte nicht lange, als das Telefon klingelte. Adi nahm den Hörer ab: „Ja, Reltih hier."

„Hier spricht Franz-Joseph, ich hoffe Sie sind gut angekommen?"

„Ja es war etwas anstrengend und die Begrüßung am Flughafen war sehr interessant, damit hätten wir nicht gerechnet.", sagte Adi.

„Wir hatten ein paar Gerüchte gestreut, die diesen Pulk an Ahnungslosen aufmarschieren lassen sollte. Damit werden wir viel werbewirksamer, als das sonst der Fall gewesen wäre. Heute Abend essen Sie mit meinen Parteifreunden?", fragte Franz-Joseph. „Ja, das wurde uns so gesagt.", entgegnete Adi. „Also viel Spaß bei Soljanka und Sauerbraten. Grüßen Sie von mir ….ähh von Herrn Bachhuber natürlich. Auf Wiederhören."

Das Abendessen sollte im Hotel stattfinden, dessen Restaurant einen hervorragenden Ruf hatte.

Um 20.00 Uhr fanden sie sich dort ein und wurden bereits erwartet. Beide trugen einen dunklen Anzug mit einem weißen Hemd, um möglichst neutral zu wirken. Der große, runde Tisch war gut besetzt und die Anwesenden begannen sich vorzustellen.

Es war viel politisches Geplänkel, was an diesem Abend die Elbe hinunter geschickt wurde und irgendwann konnten sie sich vor Langweile kaum noch auf den Beinen halten.

Wie im Duett mussten sie gähnen. Die Gespräche rankten sich um Kopfzahlen, Aufteilung auf Bundesländer und, und, und.

Als es ihm zu blöd wurde, ergriff Adi das Wort: „Hören Sie, Sie reden hier immer noch über Menschen. Ihr Gequatsche über Kopfzahlen, Begrenzungen und all das ganze Drumherum sollte uns nicht darüber hinwegtäuschen, dass es immer noch um die Menschen geht, die vor einem Krieg und somit dem Tod entfliehen wollen.

Also denken die lieber darüber nach, wie Sie helfen können und nicht, wie sie Gesetze drum herum stricken und es Propagandawirksam verkaufen können."

Der Tisch schaute ihn verwundert an. „Sie haben ja so Recht, Herr Reltih, genau lassen Sie uns über die Menschen sprechen und nicht über Gesetze und Regeln, lassen Sie uns gemeinsam helfen", sagte der sächsische Ministerpräsident Zwiellich.

Dann drehte er sich rum und diskutierte genauso weiter wie vorher. Er schien gar nicht zugehört zu haben, was Adi gesagt hatte.

Beni brachte das auf die Palme. „Haben sie gehört, was Ihnen mein Freund gesagt hat? Haben Sie ihm überhaupt zugehört? Wissen Sie, warum wir hier sind, wir sind ihretwegen hier, wir können auch wieder gehen." Beni schlug während seines launischen Ausbruchs mehrfach auf den Tisch.

Nun meldete sich Zwiellich erneut zu Wort: „Das ist nur irgendeine dumme Idee dieses Bayern, der am liebsten ganz Deutschland regieren würde. Begeistert sind wir nicht sonderlich. Wir wollen hier unsere eigene Politik machen."

„Sie meinen wohl, ihr eigenes Süppchen kochen. Aber das ist überhaupt kein Problem."

Beni dreht sich um und nahm sich den Suppenteller eines anderen Gastes. „Scusi", sagte er nur. Dann kippte er Zwiellich den Teller Suppe über den Kopf. „Prego, ihr Süppchen. Adi wir gehen!"

Wortlos stand Adi auf und sie verließen diese schon sehr komische Atmosphäre. Zurück auf dem Zimmer besprachen sie das morgige Treffen der Bagoda und ihre Taktik und die Rede, die sie halten wollten.

Danach zog sich jeder in sein Schlafzimmer zurück. Am nächsten Morgen wurden sie von einem lauten Klopfen an der Türe geweckt.

„Jaja, ich komm ja schon, Moment", Adi stand auf und hetzte zur Tür. Als er öffnete, blitzten Kameras und ihm wurden viele Mikrophone unter die Nase gehalten. „Haben Sie eine Strategie für heute Nachmittag." „Wie werden sie dem rechten Gesindel entgegentreten?" „Übergeben Sie heute wieder einen Scheck?" „Ist es wahr, dass Sie Teil einer Propaganda sind?" Adi war kaum wach, doch diese Frage hatte er sehr genau verstanden.

„Geben sie mir das Mikrofon junger Mann, sofort." Adi riss ihm das Mikrofon aus der Hand und urplötzlich schaute er in zig Videokameras. „Ich beteilige mich niemals an Propaganda.

Die, die meinen sie hätten Ahnung von Propaganda wissen nichts, sie wissen gar nichts. Niemand konnte Propaganda so gut wie Goebbels. Das heute ist nichts gegen diesen genialen Massenhypnotiseur.

Nein, ich beteilige mich nicht an Propaganda und ich denke Propaganda ist nichts, was die Welt noch braucht.

Wir brauchen Frieden, Stabilität und Nächstenliebe und müssen denen helfen, die nicht jeden Tag etwas zu Essen auf dem Tisch haben oder in fremde Länder fliehen müssen um dem Tod zu entkommen, die ihren gesamten Besitz, ihre Heimat zurücklassen. Denen müssen wir helfen.

Hören Sie mir auf mit Propaganda. Die einen machen Propaganda gegen ‚Rechts‘, die anderen Propaganda für den Terrorismus und, und, und. Stellen Sie sich vor, diese Silvesternacht wäre auch nur Propaganda der rechten Szene gewesen, die die armen Asylanten für sich installiert haben.

Was glauben denn Sie, wer diese Zettel geschrieben hat? Wir müssen jetzt vor allem Ruhe bewahren und für Frieden kämpfen." Adi gab das Mikrofon zurück und schloss die Türe wieder von innen.

Beni war derweil aufgestanden und hatte Frühstück bestellt. „Diese Reporter, machen nur Stimmung und wollen einen dumm da stehen lassen."

„Adi, so ist das nun mal und wir können sie auch nicht mehr einfach abholen lassen, oder?" Adi lachte hämisch. „Nein, das können wir wohl nicht mehr.

Nach dem sie gefrühstückt hatten, zogen sie sich ihre Uniformen an. Beide begutachteten gegenseitig den Sitz und standen stolz vor dem Spiegel. Dann klopfte es an der Tür. Beni sagte nur: „Es wird Zeit", und sie verließen das Hotel und wurden zur Veranstaltung gefahren.

Der Fahrer gab ihnen noch einige Instruktionen: „Es kann Ihnen nichts passieren. Wir haben Sicherheitskräfte unter die Teilnehmer gemischt, die jederzeit für Ruhe sorgen können.

Wenn der Hauptredner beginnt, werden Sie von hinten auf die Bühne gelotst und tauchen dann überraschend auf. Zwei Bodyguards helfen Ihnen dabei. Dann sprechen Sie zu dem Menschen.

Wenn sie fertig sind kommt, Ali al Badschid auf die Bühne und Sie übergeben ihm den Scheck. Er ist der Vorsitzende der Organisation für die medizinische Versorgung schwerkranker Flüchtlinge. Haben Sie alles verstanden?"

Beide nickten zustimmend.

Die Limousine hielt in einer Nebenstraße des Veranstaltungsortes und beide wurden, begleitet von den Bodyguards hinter die Bühne geführt. Dort konnte man den Redner schon gröhlen hören.

Als die Begleiter über Funk Bescheid bekamen, erstürmten sie die Bühne und gaben Adi als erstem das Mikrofon. Wie in seinen besten Tagen begeisterte er nach kurzer Zeit die Menge und als Beni von der Freundschaft zwischen den Italienern und vielen der Bootsflüchtlinge erzählte, wurde die Kundgebung zu einem Fest der Liebe.

Nachdem sie Ali al Badschid den Scheck gegeben hatten, wurden sie mit tosendem Applaus verabschiedet. Es war ein voller Erfolg!

Auf dem Weg zurück ins Hotel klingelte Benis Handy. „Guten Abend, mein Name ist Schlauch, ich würde Sie gerne in meine Sendung einladen. Was halten Sie davon?", tönte es aus dem Hörer. „Einen Moment bitte." Beni hielt die Hand vor das Mikrofon des Handys. „Adi, kennst du einen Typen namens Schlauch?"

„Nein, nie gehört." Er beugte sich nach vorne und fragte den Fahrer. „Klar kenn ich den, der macht sonntags so einen Polittalk im Fernsehen. Ist sehr bekannt." Beni nahm das Telefon wieder ans Ohr. „Hören Sie, wir werden da sein." Dann legte er auf.

Zurück im Hotel fanden sie eine hinterlegte Nachricht vor. Dort waren alle Details zu ihrem Auftritt in der Talkshow beschrieben.

Ein Fahrer würde sie noch am gleichen Abend nach Berlin bringen, dort sollten sie im bekannten Radmon-Hotel übernachten.

Die Änderung ihrer Reisepläne war ihnen gar nicht so unrecht, da man von Berlin aus direkt nach Hause fliegen konnte.

Mittlerweile hatten die beiden schon eine ziemliche Erfahrung mit Auftritten. Aber im Fernsehen, in einer Talkshow? Sie waren gespannt, wie das laufen würde.

Was sie nicht wussten war, dass die gesamte Polit-prominenz zu dieser Talkrunde geladen war.

Sie packten ihre Sachen und wurden dann wie vereinbart am Hotel abgeholt.

Adi genoss die Fahrt nach Berlin. Es hatte so ein Gefühl von Heimat. In der Innenstadt bat er den Fahrer durch das Brandenburger Tor zu fahren. Erinnerungen von Früher kamen hoch und Adi wurde sentimental und bekam mal wieder ein schlechtes Gewissen. Ihn plagten seine Taten, die er von hier aus lenkte.

Doch nun war alles anders. Sein Denken und sein Handeln hatten sich vollkommen geändert.

Sie verbrachten die Nacht im Hotel und Adi zeigte Beni am nächsten Tag sein Berlin. Sie besuchten die

Denkmäler und sogar die Gedenkstätte gegen den Holocaust, wo sie lange Zeit verbrachten.

Der Tag verging wie im Flug und schnell war die Zeit gekommen sich zur Talkshow zu begeben.

Dort begrüßte sie der Moderator. „Guten Abend, meine Herren. Ah, ich sehe, sie tragen ihre Uniformen, das ist phantastisch.

Es läuft so, ich stelle rundum Fragen an die Gäste und jeder bekommt eine bestimmte Zeit, Antworten zu geben. Wenn die Diskussionen zu lange dauern, breche ich sie ab, um die vorgegebenen Themen durchzubringen. So und jetzt gehen Sie erst einmal in ihre Garderobe.

Dort warten die Maskenbildner bereits auf Sie. Ein Produktionsassistent wird sie dann zu mir führen und ich bitte Sie gemeinsam in die Runde zu kommen."

Eine Stunde später war es soweit. Während sie noch vor dem Eingang warteten, lief bereits der Vorspann, in welchem die Teilnehmer vorgestellt wurden. Was sie hörten beeindruckte sie.

„Heute Abend bei mir Gundula von der Reien Bundesverteidigungsministerin, Holger Spar Bundesfinanzminister, Rudger Miesi Oppositionsführer der LPD und Agdir al Mrad ein syrischer Flüchtling. Und nun begrüßen Sie mit mir Benedetto Malguzoni und Adalbert Reltih. Die Tür öffnete sich automatisch und sie schritten weltmännisch hinein.

Dabei bekamen sie tosenden Applaus der Zuschauer, die sogar aufstanden. Beide genossen ihren Einlauf in die Arena der Gladiatoren. Nachdem sie sich hingesetzt hatten, beruhigte sich der Applaus wieder und Schlauch stellte die erste Frage. Frau von der Reien, denken Sie, die Bundeskanzlerin wird die Flüchtlingskrise bewältigen?"

„Sehen Sie, wir werden alles tun um Deutschland nicht zu überfordern." Sofort fiel ihr Rudger Miesi ins Wort. „Die Bundesregierung hat doch gar nichts unternommen, um den Bürgerinnen und Bürgern das Gefühl zu geben, sie hätten das Flüchtlingsproblem im Griff. Meine Genossinnen und Genossen haben gemeinsam mit mir immer wieder konkrete Vorschläge vorgetragen was man tun kann, aber die Bundesregierung hat scheinbar gar keinen Plan."

„Ach, Herr Miesi, das sind noch nur Oppositionssprüche, die noch nie etwas bewegt haben. Sie können doch nur gegen alles sprechen."

Adi holte kurz Luft und ergriff das Wort: „Sie sind also Verteidigungsministerin, was ist denn ihr Dienstgrad, haben Sie Kampferfahrung?"

Miesi lachte lauthals. „Sehen Sie, das sage ich doch, unsere Regierung hat keine Kompetenz für gar nichts." Von der Reien schaute etwas erschrocken drein. „Nein, ich habe keinen Dienstgrad und auch keine Kampferfahrung, trotzdem denke ich, die Situation in den Kriegsgebieten gut beurteilen zu können."

Beni stieg ins Gespräch ein:

„Das heißt, Ihnen ist sehr genau bewusst, warum diese Menschen aus ihrem Land fliehen und in Deutschland Unterschlupf suchen?" „Natürlich, in Syrien ist ein normales Leben nicht mehr möglich.

Die Flüchtlinge brauchen unsere Hilfe und unseren Schutz."

„Genau das ist es, was ich auch denke", sagte Adi. „Das muss doch die primäre Aufgabe sein, den Menschen Schutz zu bieten. Das muss aber nicht bedeuten, dass sie nicht wieder in ihr Land zurück können, wenn der Krieg vorbei ist."

„Und genau dafür arbeiten wir an einem konkreten Plan", sagte Finanzminister Spar. Miesi schüttelte nur verständnislos mit dem Kopf.

„Herr Mrad, Sie sind vor sechs Monaten nach Deutschland gekommen, bitte erzählen Sie doch etwas über die Situation in Ihrem Land."

Während der Syrer seine Geschichte erzählte, wurden Bilder aus den Kriegsgebieten gezeigt. Die Teilnehmer zeigten sich betroffen. „Wie fühlen Sie sich in Deutschland?"

Der Syrer antwortete auf Englisch. Es ginge ihm gut und die Menschen hier seien sehr nett. Dann lenkte der Moderator die Runde auf das nächste Thema. Die Geschehnisse der Silvesternacht.

„Herr Reltih, wie beurteilen Sie diese Aktivitäten in der Kölner Innenstadt?" „Ich würde das als rechte Propaganda bezeichnen. Jemand wollte, dass das passiert um den Hass gegen die Flüchtlinge zu schüren. Nur eine billige Propaganda, sonst nichts."

„Jetzt hören sie mal, auf das sind doch Hirngespinste!", sagte Miesi. „Wenn, dann war das ein terroristischer Anschlag der IS.

Wer sonst sollte derartige Zettel in arabischer Schrift verteilen, welche die jungen Männer zu Ihren Handlungen aufgefordert haben?"

„Ja glauben sie denn nicht, dass auch Rechte dazu in der Lage sind, derartige Zettel zu erstellen? Lassen Sie nicht zu, dass solche Aktionen Hass und Terror nach Deutschland bringen. Das nimmt sonst ein schlechtes Ende. Geben Sie den Flüchtlingen das Gefühl in Deutschland willkommen zu sein und sogen

167

Sie in Syrien für Ruhe. Was hat Deutschland denn in Syrien unternommen?", fragte Adi.

Von der Reien antwortete: „Wir haben vier Tornados nach Syrien geschickt um die Allianz zu unterstützen." „Vier Tornados, hat die deutsche Wehrmacht denn nicht mehr zu bieten?", fragte Adi verächtlich. „Ähm das heißt Bundeswehr." „Dann eben Bundeswehr. Also hat die Bundeswehr denn nicht mehr zu bieten?"

„Sicherlich könnte man mehr tun, wenn es denn helfen würde, ich glaube aber unsere Verbündeten werden uns um mehr bitten, wenn es notwendig ist." zögerte von der Reien.

„Ach, und von selbst kommen Sie nicht mehr darauf? Ich muss mich doch sehr wundern.", spöttelte Adi.

Der Moderator ging dazwischen:

„Herr Malguzoni in Italien kommen schon seit Jahren viele Flüchtlinge an, gerade die Insel Lampedusa ist ja immer wieder Brennpunkt der Probleme. Was denken Sie, muss in Europa passieren, damit sich die Lage wieder beruhigt?"

„Schauen Sie, es ist mir egal wie die Lage ist, diesen armen Menschen muss geholfen werden und wenn wieder Frieden in ihrem Land ist, dann schicken wir sie wieder nach Hause, so einfach ist das doch. Ich verstehe die Probleme nicht.

Sie haben scheinbar keine Entscheider mehr. Es ist dabei auch egal wo die Flüchtlinge unterkommen, es ist egal wer sich daran beteiligt und wer nicht. Primär muss geholfen werden und dafür steht ja auch unsere Stiftung.", entgegnete Beni.

„Sie haben bereits über eine halbe Million Euro für Flüchtlinge gespendet, das ist beachtlich. Gibt es Projekte die Sie geplant haben?", hakte Beni weiter nach.

„Nein, wir unterstützen ehrenamtliche Projekte die Hilfe brauchen und davon gibt es genug.", kam es zurück. Und weiter: „Sie haben bereits zwei Baguda-Veranstaltungen gesprengt, können Sie sich vorstellen in die Politik zu gehen?" Adi antwortete: „Nein, das ist nicht unser Ziel, wir wollen nur helfen. Und auch ich bin der Meinung, dass die Bundesregierung eine Entscheidung treffen muss und diese kann nur lauten: „Schutz, helfen und dann müssen die Flüchtlinge wieder in ihr Land, sonst droht eine Entvölkerung und das will niemand."

Miesi meldete sich erneut zu Wort: „Entvölkerung? Wovon sprechen Sie da, das ist doch alles Quatsch. Unsere Regierung ist hilflos, das ist doch alles." „Herr Miesi", warf Spar ein. „Sie sind doch nur gegen alles, wenn wir etwas beschließen, behaupten Sie das Gegenteil. Wenn wir etwas gut machen, dann war es die Idee ihrer Partei. Das ist doch nur oppositionelles Geschwätz." Schlauch unterbrach die Diskussion um das nächste Thema an den Start zu bringen.
„Die Geschehnisse der Silvesternacht führen immer wieder zur Diskussion, ob die Polizei nicht hätte härter durchgreifen müssen.
Wir haben im Publikum den Münchner Polizeipräsidenten Klaus Huber, der diese Frage beantworten kann." Schlauch stand auf und ging mit dem Mikro ins Publikum, wo er sich neben Huber setzte.

Die Zuschauer applaudierten kurz um den neuen Gast zu begrüßen. „Herr Huber, was denken Sie, welche Fehler wurden in der Nacht gemacht?"

„Wissen Sie, es wird immer behauptet, Bayern sei ein Polizeistaat, doch bei uns wäre die Situation mit mehreren Hundertschaften gelöst worden.

Solche Großaktionen haben wir in Bayern schon oft gelöst und zwar mit Erfolg und ohne Blutvergießen.", antwortete Huber. „Die Kölner Polizei hat also falsch gehandelt?", fragte Schlauch. „Ja eindeutig."

Die Zuschauer applaudierten erneut und Schlauch ging zurück in die Politrunde. „Herr Reltih, sehen Sie das genauso wie der Münchner Polizeipräsident?"

„Ich kann ihm da nur zustimmen, man hätte schneller reagieren müssen und den Platz räumen lassen.

Dann wäre das Ganze nicht passiert. Aber scheinbar hat man in Deutschland immer noch Angst mit mehr Härte gegen solche Aktivitäten vorzugehen. Deutschland darf wieder Entscheidungen treffen und sein Land alleine organisieren, man muss nicht immer an irgendetwas denken, was vor 70 Jahren passierte.

Ich denke, Deutsche dürfen wieder stolz sein und müssen für ihr Land stehen. Alle anderen europäischen Länder tun das auch.

Ich freue mich, dass zumindest in Bayern noch ausreichend Mut und Stolz vorhanden ist."

Die Zeit der Sendung war um und Schlauch moderierte das Ende an. „Begrüßen Sie mit mir nächste Woche neue Gäste zu spannenden Themen, wenn es wieder heißt: „Schlauch fragt. Guten Abend."

Kaum waren die Kameras aus, gingen die Teilnehmer auf einander los- jetzt wurde es richtig heiß. Adi und

Beni beschlossen aber die Runde zu verlassen und zurück ins Hotel zu fahren.

Sie diskutierten noch die ganze Nacht über das scheinbar hilflose Verhalten in der deutschen Politik und fragten sich was man tun könne, um das zu ändern. Doch eine Lösung fiel Ihnen nicht ein.

Am nächsten Morgen flogen sie wieder nach Italien und wollten gleich in Don Pasquales Villa, die er ihnen vermacht hatte. Als sie dort ankamen, war es bereits später Nachmittag.

„Wie schön ist es hier nur. So friedlich", sagte Beni. „Lass uns einen Rotwein in der Nachmittagssonne trinken und den Abend genießen. Nachdem sie ausgepackt hatten, setzten sie sich auf die Terrasse und tranken Wein. Der Stress der letzten Tage stand ihnen ins Gesicht geschrieben und so gingen sie früh ins Bett.

Als sie am nächsten Tag aufwachten, plagten beide unendliche Schmerzen.

„Adi, ich glaube jetzt geht es auch bei uns los." Adi wälzte sich am Boden und hielt es kaum mehr aus. Beni suchte im Bad nach Schmerztabletten.

Vielleicht würden diese das Ganze etwas lindern. Doch auch Schmerztabletten halfen nichts.

Während der Schmerzattacke erinnerten sie sich an Don Pasquales Worte. Jeder versuchte für sich das Ganze zu überwinden und gleichzeitig überkam sie die Angst vorm Tod.

Nach zwei Stunden hörten die Schmerzen wieder auf. Doch sie wussten, sie waren auf der Zielgeraden ihres Lebens angekommen. „Beni, wir müssen alles regeln.

Ich möchte, dass wir unseren Besitz der Stiftung überschreiben, dass weiterhin Gutes getan werden kann.
Wir wissen nicht, wie lange es noch geht."
„Adi, aber eine Überraschung habe ich noch für dich.
Ein paar Tage müssen wir noch durchhalten und dann
verabschieden wir uns von den Anderen. Vielleicht
schaffen wir es noch einmal ein Fest zu feiern."

Kapitel XIII– Das Ende

Am gleichen Abend wollten sie mit Nadja und Paulina
sprechen. Ihr Plan war es, den Besitz der Stiftung zu
überschreiben und in Don Pasquales Villa ein Wohn-
heim für traumatisierte Kinder einrichten zu lassen.
Paulina und Nadja sollten dies in ihrem Namen veran-
lassen. Es fiel ihnen schwer über die kommende Zeit
zu sprechen, jedoch war es irgendwie auch eine Er-
leichterung, als sie die Damen eingeweiht hatten.

Sie stimmten den Plänen zu, auch wenn sie es kaum
glauben konnten, dass ihre Gönner nun Abschied
nehmen würden.

Ein Besuch beim Notar regelte alles Notwendige.
Dann informierten sie Franz-Joseph über ihren Status.
Der wiederum erfreute sich immer noch seines Lebens
und konnte keinesfalls von Schmerzen oder anderen
Problemen berichten.

In Paradiso erreichten die Temperaturen nun erste
sommerliche Werte. Die Wärme, das Flair und die
abendliche Küche halfen Adi und Beni über ihre nun

immer häufiger auftretenden Attacken hinweg. Doch sie wussten, dass der Prozess nicht aufzuhalten war.

Es war der Tag vor Adis Geburtstag und Beni hatte ein großes Fest organisiert. Den ganzen Tag versuchte er Adi von ihrem Haus weg zu lotsen und Adi ahnte, dass er ihn überraschen wollte.

„Komm, wir gehen zu Gian-Luca und Frühstücken erst einmal. Die Mädels sind auch da." „Ach Beni, lass mich, ich habe keine Kraft mehr.", stöhnte Adi. „Wie ein Deutscher und keine Kraft mehr? Zieh dich an wir gehen und wenn ich dich hintragen muss." bestimmte Beni.

Mit viel Wiederwillen -aber Beni zu liebe- zog er sich an und sie fuhren zu Gian-Lucas Café. Was Adi nicht wusste war, dass gleichzeitig ein Bautrupp an der Villa begann die Überraschung vorzubereiten.

Sie begannen den Tag mit Cappuccino, Brioche und ausreichend Prosecco; dabei spürten Sie noch einmal die Heimat Italien und den absoluten Lebenswillen, der aber nicht reichen sollte, um einen noch langen Lebensabend zu verbringen.

Als es Nachmittag wurde sagte Beni: „Komm Adi, jetzt zeig ich dir deine Geburtstagsüberraschung. Sie fuhren zu zurück zur Villa und Adi konnte seinen Augen kaum trauen. Noch bevor sie ausgestiegen waren, sah er das neue Tor in ihrer Einfahrt. Er las die Schrift darüber.

Nun jeder kann sich vorstellen, was da geschrieben stand. Zumindest ist dies die Erklärung für das verschwundene Tor aus Deutschland (Gedenkstätte KZ Dachau), welches so lange gesucht wurde. Er hatte Tränen in den Augen.

„Das war immer mein Lieblingstor. Oh Beni, danke für diese große Freude."

Als sie sich wieder gefangen hatten, wollte Adi den anderen alles erzählen, doch Beni bat ihn darum, dies nicht zu tun, da es am Ende zu Konflikten führen könne. Die Menschen würden es nach ihrem Tod früh genug sehen.

Zurück in Paradiso begaben sie sich zu Massimo in die Pizzeria. Dort feierten sie noch einmal mit allem was Italiens Küche herzugeben hatte. Spaghetti Vongole, Fritto Misto und Riesengarnelen vom Grill.

Beide liebten diese Feste und nur die elendigen Schmerzen konnten sie über die Freude unter den Menschen hinwegtäuschen. Nachdem beide ausreichend getrunken hatten, fuhr Massimo sie gegen Mitternacht nach Hause.

Ihnen stand die schlimmste Nacht bevor, die sie sich niemals ausmalen konnten. Sie taten kein Auge zu und beide spürten, dass der Tod sehr nahe war. Als die Sonne aufging beschlossen Sie ein letztes Mal an den Strand zu gehen, um das morgendliche Licht zu genießen. Dort kamen sie auch an. Doch als es immer schlimmer wurde, setzten sie sich in den Sand. Sie hielten sich im Arm, um den Schmerz gemeinsam besser ertragen zu können. Die Minuten vergingen wie Sekunden und plötzlich sagte Adi: „Beni mein Freund, wir sehen uns in der Hölle." Beni hatte kaum eine Chance darauf zu antworten, da war Adi bereits tot. Er fiel ihm auf den Schoß und Beni kauerte noch einige Minuten und dann hörte auch sein Herz auf zu schlagen.

Nachwort:

Ich habe mich lange mit dem Gedanken gequält ob man so eine Geschichte veröffentlichen soll oder nicht. Dabei war es mir völlig egal ob es bereits andere Autoren gegeben hat die rund um Adolf Hitler ähnliche Persiflagen veröffentlicht haben.

Sicherlich ist alles reine Fiktion, jedoch könnte der Eindruck der Verniedlichung entstehen. Dies ist nicht das Ziel des Buches! Es soll wachrütteln und die positiven Gefühle der vielen Schmunzeleien für ein Umdenken nutzen. In der schwierigen Situation in der sich die Welt immer wieder befindet, wenn Rassenhass und Ausländerfeindlichkeit um sich greifen soll diese Geschichte darstellen, dass selbst die größten Faschisten ihre Meinung ändern können und wir unseren Nächsten respektieren müssen egal welcher Herkunft und Hautfarbe.